U0484991

寿山藏语 SHOUSHAN CANGYU

时代出版传媒股份有限公司
安徽文艺出版社

作者简介：

　　黄仲基，号抱一山人，申古堂主，皖东至县梅公亭畔人。1984年毕业于安徽师范大学，2009年古诗文入选"百年西泠"大展并进入前十名，2016年东至一中为其举办个人书展。先生自谓道人，其次诗人，再次书人。好品茶，游山，看天，以闲行世，抱朴而足。附其词《水龙吟·补胎儿泪》：

　　我从何处游魂，肉团偏向人间坠？不争气息，闷声抗世，绝凡尘思。好个浑头，粪箕遮眼，裹尸难闭。梦中磨了了，鬼颠人意。青丝白，罡风起。　　莫道天恩有悔，老偏狂，奇情牵缀。耕山削壁，捕风沉水，影团天碎。披剪云衣，沤之大壑，灌青苍水。念初生落魄，苍颜托露，补胎儿泪。

行草释文：
体无常范。

篆书释文：

乖伯貔裘。王若曰：乖伯，朕丕显祖文武，膺受大命，乃祖克弼先王，翼自它邦。

隶书释文：

饮酒畔宫，复礼孔子宅，拜谒神坐，仰瞻榱桷，俯视几筵，灵所凭依，肃肃犹存。

草书释文：

彦先羸瘵，恐难平复，往属初病，虑不止此，此以为庆。吴子杨往初来主，吾不能尽。承使唯男，幸为复失前忧耳。

行书释文：

佛日环照，牛车结辙。

楷书释文：

仁风播于万祀，故乃耀晖南岳，霸王郢楚，子文诏德于春秋，斑朗绍纵于季叶。

寿山藏语

黄仲基 著
SHOUSHAN CANGYU

时代出版传媒股份有限公司
安徽文艺出版社

图书在版编目（CIP）数据

寿山藏语/黄仲基著. —合肥：安徽文艺出版社，2020.11
ISBN 978-7-5396-7036-2

Ⅰ.①寿… Ⅱ.①黄… Ⅲ.①诗词－作品集－中国－当代 Ⅳ.①I227

中国版本图书馆CIP数据核字(2020)第169222号

出 版 人：段晓静
责任编辑：胡 莉　　　　　装帧设计：王 恒 徐 睿

出版发行：时代出版传媒股份有限公司　www.press-mart.com
　　　　　安徽文艺出版社　　www.awpub.com
地　　址：合肥市翡翠路1118号　邮政编码：230071
营 销 部：(0551)63533889
印　　制：安徽新华印刷股份有限公司　(0551)65859551

开本：880×1230　1/32　印张：9.75　字数：150千字
版次：2020年11月第1版
印次：2020年11月第1次印刷
定价：94.00元(精装)

(如发现印装质量问题，影响阅读，请与出版社联系调换)
版权所有，侵权必究

目　录

自序一 / 1
自序二 / 3

上卷一　诗(441 首)
2006 年 11 月至 2019 年 10 月

初冬寄语 / 3
寿山·初阳 / 3
自识 / 4
滴水寺清潭 / 5
忆磐公 / 5
咏申古堂二首
　　申古 / 7
　　秋风 / 7
卜居 / 8
千年古城之叹 / 8
状元桥之叹 / 9

避俗 / 9

寿山吟 / 10

江城 / 11

秋之忆 / 12

黄宾虹山水画初探 / 12

咏黄宾虹山水画 / 13

谒陶公祠 / 13

观南宋苏显祖《风雨归舟图》/ 14

拟梅尧臣宰建德县 / 14

宿世词客 / 15

书坛佛事之叹 / 15

二禅共进 / 16

千峰顶上 / 16

新春示公墨儿 / 17

论马一浮、刘磐二老行书 / 17

迎春 / 18

王维文事掠趣 / 18

拟王维邀游 / 19

论韩愈 / 19

文心石 / 20

武士头像石 / 20

佛龛石 / 21

答胡志超、彭子威二位恩师 / 22

聚宴问答 / 22

送公墨儿升初中 / 23

无题 / 23

闲身 / 24

陋室吟 / 24

咏桂花二首

  绿叶 / 25

  满树 / 25

达生 / 25

示公墨儿·戒鞭铭 / 26

游朝霞洞 / 26

游唐山寺·寻释觉正踪迹不遇 / 27

某单位剪彩 / 28

鹏鸟 / 28

谒周馥墓 / 29

小庵里观西海彤云 / 29

游小庵里 / 30

雪中吟 / 30

游滴水寺 / 31

访罗汉松 / 31

日出 / 32

观山寺 / 32

蜀地畅想 / 33

河西山水 / 33

观东至大历山碑廊 / 34

论磐公书法 / 34

磐公祭 / 35

十月 / 35

溪水 / 36

吾性 / 36

独行 / 37

展望 / 37

赠林山兄 / 38

记梦·步磐公《宿雷峰尖》诗韵 / 40

论东至诗坛 / 41

改东至三先生诗三首

    悟 / 41

    黄石矶柳树林 / 42

    尧城发南昌道中 / 42

柳絮 / 42

冬日桃花 / 43

蜂窝煤 / 43

吊曹雪芹 / 44

写何绍基《书麓山寺碑》/ 44

自况 / 45

致冯霄 / 45

观某先生山水画 / 46

评某先生诗 / 46

答苏轼 / 46

得意 / 47

定风波 / 47

知足 / 47

释文引 / 48

观何绍基《落花诗行书册》二首

  潇湘问月 / 49

  莫启湘妃 / 49

记梦遣暑 / 50

送某画家谒九华 / 50

迎海派友人 / 51

复性 / 51

墙之道 / 52

致公墨儿升初二前夕 / 54

山水画掠趣 / 54

用笔之趣 / 55

致广东某先生 / 56

集《平复帖》字·彦先 / 56

贺侄儿黄威新婚 / 57

为文 / 57

写《张猛龙碑》/ 58

霜降听蛙鸣 / 59

观某先生小楷 / 59

致国庆胞弟 / 60

写《张玄墓志》/ 60

古偈思 / 61

集《龙颜碑》字七首

 独步 / 62

 抗俗 / 62

 文章 / 63

 良木 / 63

 兰声 / 63

 源流 / 64

 八美 / 64

甲骨文"艺"字之思 / 64

论苏轼书风 / 65

峨眉之梦 / 65

集《散氏盘铭文》字·强才 / 66

画堂西畔雨 / 66

瑶草最关情 / 67

集何绍基《落花诗行书册》字二首

 旗亭 / 67

 袁公 / 68

用笔 / 68

集《西狭颂》字四首

　　道之危 / 69

　　清平露 / 69

　　李翕 / 69

　　强者 / 70

集何绍基行书字·记梦三首

　　松下 / 70

　　拄杖 / 71

　　偏袒 / 71

西泠别想 / 72

集《张猛龙碑》字四首

　　林之鹤 / 72

　　水之德 / 73

　　君之荷 / 73

　　国之风 / 74

拙文登某报序言诗 / 74

评邓石如书法 / 75

集李之仪《汴堤帖》字·贺内侄建吉新婚 / 75

赠苏嘉谟干爹 / 76

贺毕先生新居二首

　　诗成 / 76

　　熏风 / 77

西泠塔下 / 77

吾之生 / 77

书之灵 / 78

楼头偶题 / 79

赠松山兄 / 79

集刘孟伉行书字·听《将军令》/ 80

集敦煌文书字·秋宫怨 / 80

蛇年示二首

    龙蛇 / 81

    关闭 / 81

盼雪 / 82

雪·狗齿梅 / 82

东方不死必然物 / 83

公墨儿成人礼酒席上 / 84

贺某先生新居 / 84

盼雪 / 85

绍兴观程先生挥毫 / 85

赠程先生 / 85

绍兴归来 / 86

迎春二首

    妙里春光 / 86

    掌上春光 / 87

致安徽师范大学1984届同学 / 87

独取一苇秋 / 87

写战国瓦书 / 88

临池遏遏四首

  写《石颂》/ 88

  写《广武将军碑》/ 89

  写《张迁碑》/ 89

  写《开通褒斜道石刻》/ 89

中秋 / 89

贺侄儿冶飞之女百日 / 90

志吾之首个书展二首

  玄花 / 90

  心头 / 91

赠东至人网 / 91

致某骨科医师 / 91

歙县寻祖迹 / 92

龟祭 / 92

白也来思 / 93

墨上行船 / 95

写《龙颜碑》/ 95

偶写王羲之《圣教序》/ 96

自嘲 / 96

作诗 / 97

合肥访宗亲夜宿安庆 / 97

宗风阁 / 97

赠黄鹤飞宗亲十首

　　三天 / 99

　　四日 / 99

　　长天 / 99

　　岩前 / 99

　　文起 / 100

　　山人 / 100

　　无花 / 100

　　人逢 / 100

　　玉溪 / 101

　　捧天 / 101

题毛泽东主席生活照二首

　　历览 / 101

　　自古 / 101

拜黄庭坚墓 / 102

双井之灵 / 102

咏黄庭坚 / 102

论黄庭坚文 / 103

黄庭坚草书初探二首

　　拈来 / 104

　　老夫 / 104

先父之望 / 105

与黄庭坚对话三首

鏨松堂观兴 / 105

　　申古堂之思 / 107

　　双堂会彩 / 107

剑指无方 / 108

赠黄君宗亲 / 109

漏妙 / 109

题画二首

　　借得 / 110

　　渔父 / 110

一阳 / 110

眉掌之望五首

　　唤早茶 / 111

　　拜铁茶 / 111

　　焙野茶 / 111

　　兴月茶 / 111

　　下酒茶 / 112

自省 / 112

百载忧悬 / 112

题画 / 113

画字之思 / 113

大草吟十首

　　一狂放去 / 114

　　排山劫 / 115

试小雄 / 115

偏锋一道 / 115

毛公一笔 / 115

散翁拈狂 / 116

浮云奔突处 / 116

拟个秋光 / 116

连环套里 / 116

草兮狂主 / 117

篆吟七首

执此三篇 / 117

三代古 / 118

小篆 / 118

论宾翁篆（其一）/ 118

论宾翁篆（其二）/ 118

我写篆书 / 119

篆之原点 / 119

隶吟六首

隶之大境 / 119

古隶 / 120

庙堂不见汉真碑 / 120

汉隶 / 120

一念 / 122

霸之 / 122

论某公书法 / 123

写战国楚简 / 123

书变 / 124

举家于金鸡岭河谷泛排 / 124

玉影双封 / 125

秋思五首

 水杉 / 126

 圆融镜里 / 126

 归元寺 / 126

 秋鹰 / 127

 古墙深巷 / 127

悼娜娜之母 / 127

人 / 128

写米芾行书 / 129

夫人新辟菜圃 / 129

方在无方 / 130

写《石门颂》四首

 独取石门头 / 130

 推心源 / 131

 我心造我 / 131

 重装再造 / 132

写《西狭颂》八首

 独眼无尊 / 132

  不师迹 / 132
  劈头粉碎 / 133
  回望天井山 / 133
  化生看雕鹗 / 134
  画头陀 / 134
  平藏大海 / 135
  开流五道 / 135

观云 / 135

真身 / 136

真身脚下 / 136

云山无所托 / 136

自嘲 / 137

早入风波 / 137

万里归巢 / 137

不死游魂 / 138

千叶衔花 / 138

清明·悼先父 / 139

与李白对话十七首
  浦上行大秋 / 139
  临水不见愁 / 140
  转思九头凤 / 141
  齐山多晦色 / 141
  我来无所用 / 141

归山捉猛虎 / 142

酒换黄公裘 / 142

寒潭惊倒影 / 142

诗书两不应 / 143

岳公不拔剑 / 143

传呼文字饮 / 144

欲捞天上月 / 144

错等白云归 / 144

乌渡湖山好 / 145

玉镜潭千丈 / 145

愚人枣面翁 / 145

十三了歌 / 146

与杜甫对话八首

秋鹤 / 147

雄心一搏 / 147

秋光一瞥 / 148

天道役秋 / 148

一撮光天 / 149

也拟曲江 / 150

真雄报国 / 150

另遣情风 / 151

与王维对话三十六首

诗书 / 152

梅公 / 152

楚狂 / 153

半偈 / 154

纸上 / 154

推窗吟 / 155

素问 / 155

野乐谱 / 156

小庵岭 / 157

邀松 / 157

清光景 / 158

无所顾 / 158

五灵归 / 159

禅林 / 159

解言 / 160

新怪 / 160

文之境 / 161

绛花幻水流 / 161

老夫迟不怕 / 162

顾托 / 163

艺坛怪相 / 163

文人腐相 / 164

谁敢做顽夫 / 164

青霭唤吾园 / 165

天功 / 165

　　桃源真境 / 166

　　敬亭友 / 167

　　玉峰山下客 / 167

　　威武摄芳踪 / 168

　　韶华 / 168

　　三闲 / 169

　　禅堂 / 169

　　居高 / 170

　　雨分龙 / 170

　　访荀媪 / 171

　　可邀鸟看人 / 171

与李商隐对话八首

　　心琴简妙礼弦丝 / 172

　　袖间存有神仙种 / 173

　　斑铜入笔飞新梦 / 173

　　幻影鱼龙非俗物 / 174

　　似象沉江法小乘 / 175

　　南北不迁共我心 / 175

　　德业相推事不违 / 176

　　反动因时开国手 / 176

梅公亭畔笔张狂九十三首

　　一枝横断 / 177

渊深九道 / 178

魂归一处 / 178

自知 / 178

自辟 / 178

自洗 / 178

虚空镜里 / 179

我种奇情 / 179

两无妨 / 179

双王 / 179

真香 / 180

一片玉 / 180

布衫不怕 / 180

铁里柔光 / 180

鉴横塘 / 181

笑五狷 / 181

邀混沌 / 181

关山一望 / 181

钟声 / 182

升熊作舞 / 182

青不拔 / 182

月明叶下 / 182

生翁 / 183

偏堂 / 183

蠹虫无梦 / 183

齐璜 / 183

傲钟王 / 184

气压秋光 / 184

洪波起落 / 184

两面看 / 184

千山奔腕 / 185

自推墙 / 185

字外王 / 185

玉里断砂 / 185

平中富贵 / 185

通体晴光 / 186

汉魏丛中 / 186

抗寒王 / 186

撼山一往 / 186

邀颢老 / 186

龙翻午夜 / 187

斫微茫 / 187

高竿不取 / 187

抻开劲骨 / 187

自作经天小日月 / 187

师造化 / 188

寿山旁 / 188

字不降宋下 / 188

不认兰亭千载王 / 188

画个秋山 / 189

聚墨藏山 / 189

自拜 / 189

诗推李王 / 189

藏真冰下 / 189

五彩石 / 190

四季连心 / 190

调阴阳 / 190

龙之望 / 190

天机搏象 / 190

声闻一路 / 191

虚处通灵 / 191

观听抱 / 191

檐琉一滴梦 / 191

发幽篁 / 191

烧空不问 / 192

九层狱火 / 192

遏遏去 / 192

根根得月 / 192

先从悲怆写清凉 / 192

敲山退水 / 193

古法参心 / 193

风涛眼里 / 193

一苇境里 / 193

轻轻一挑 / 193

金箍棒下 / 194

射幽窅 / 194

峰从九面 / 194

平中撼透九天仓 / 194

同光镜里 / 194

钓寒泷 / 195

炉香一炷 / 195

峨山影落 / 195

狡狯 / 195

人性无真荒 / 196

曲性旋心 / 196

苍颜入纸 / 196

召南颂下 / 196

寨旗底下 / 197

近取三碑 / 197

磊翁之亏 / 197

至性 / 197

脱缰 / 198

久筹风雨振壶浆 / 198

上卷二　词（103 首）

2019 年 9 月至 2020 年 1 月

与古词家对话一百首

鹧鸪天·袖中云林（步晏几道）/ 201

鹧鸪天·和月飘飞（步秦观）/ 201

鹧鸪天·天上烧云（步辛弃疾）/ 202

青玉案·放个归期（步贺铸）/ 202

青玉案·西霞影落（步辛弃疾）/ 203

一剪梅·独领恬军（步李清照）/ 203

蝶恋花·圣意（步柳永）/ 204

蝶恋花·正觉（步欧阳修）/ 204

渔家傲·山魂（步范仲淹）/ 205

雨霖铃·双雄座（步柳永）/ 205

念奴娇·咏虚云和尚（步苏轼）/ 206

念奴娇·还我狂年（步苏轼）/ 207

念奴娇·玉山（步张孝祥）/ 207

念奴娇·嘉会新寻（步叶梦得）/ 208

永遇乐·执文窍（步辛弃疾）/ 209

贺新郎·举杯去（步张元幹）/ 209

贺新郎·该出手（步刘克庄）/ 210

满江红·收云鹤（步苏轼）/ 211

念奴娇·掌上翻心折(步辛弃疾) / 212

念奴娇·莫行呆问(步李清照) / 212

渔家傲·柳卧溪桥(步王安石) / 213

蝶恋花·大日(步冯延巳) / 213

鹧鸪天·尧水(步辛弃疾) / 214

临江仙·眼中(步冯延巳) / 214

水龙吟·龙行(步辛弃疾) / 215

桂枝香·才情(步王安石) / 215

钗头凤·浮生一望(步陆游) / 216

忆秦娥·鲁斑壁上(步李白) / 217

望江东·我将来去自来去(步黄庭坚) / 217

醉花阴·拢万里苍山(步李清照) / 217

一剪梅·心钳二物(步蒋捷) / 218

临江仙·风刀自遣(步陈与义) / 218

采桑子·丈早阳(步冯延巳) / 219

画堂春·下云床(步黄庭坚) / 219

采桑子·自性翻流(步欧阳修) / 220

菩萨蛮·雪(步温庭筠) / 220

临江仙·山人决战在长平(步苏轼) / 220

临江仙·山老正栽红(步鹿虔扆) / 221

临江仙·招引万壑风(步徐昌图) / 221

鹧鸪天·豁落声中归梦魂(步秦观) / 222

渔家傲·洪波待发天门箭(步欧阳修) / 222

23

小重山·声闻不上响泉琴(步岳飞) / 223

破阵子·好作蛰虫(步辛弃疾) / 223

太常引·小姑山(步辛弃疾) / 224

朝中措·独起声闻法炬(步欧阳修) / 224

浪淘沙·天地玄同(步欧阳修) / 225

双溪引·窗下芳草(步王雱) / 225

双溪引·诗心不惑(步范成大) / 226

少年游·高秋(步柳永) / 226

鹊桥仙·松风阁上(步辛弃疾) / 226

夜游宫·尧城辩(步周邦彦) / 227

夜游宫·药解灵台里(步陆游) / 227

踏莎行·步韵填词(步晏殊) / 228

苏幕遮·熟了山才(步范仲淹) / 228

离亭燕·独酌此中清(步张升) / 229

行香子·一骑尘轻(步苏轼) / 229

行香子·捕风忙(步秦观) / 230

唐多令·吼重楼(步吴文英) / 230

唐多令·湘水(步刘过) / 231

小重山·知天有(步韦庄) / 231

定风波·双子剑(步欧阳炯) / 232

风入松·转头笔下(步俞国宝) / 232

风入松·心圆最是全生(步吴文英) / 233

千秋岁·古城环外(步秦观) / 233

千秋岁·大风转(步王安石) / 234

清平乐·诗来天半(步李煜) / 234

清平乐·毫端(步晏殊) / 235

清平乐·黠鼠(步辛弃疾) / 235

虞美人·立定江山主(步宋无名氏) / 236

西江月·收拾原心(步张孝祥) / 236

忆余杭·远水怀天(步潘阆) / 237

最高楼·我所好(步辛弃疾) / 237

更漏子·儿煮梦(步贺铸) / 238

浣溪沙·浅耕亦见老龙鳞(步辛弃疾) / 238

天仙子·霹雳斧中开秘径(步张先) / 239

伤春怨·看穿皮囊处(步王安石) / 239

卜算子·诗经之境(步苏轼) / 240

卜算子·举我心涛百丈栽(步李之仪) / 240

忆少年·飞檐试新梦(步晁补之) / 240

忆少年·邀山鬼水怪(步曹组) / 241

酒泉子·自家时节(步温庭筠) / 241

西江月·莫从指缝漏今朝(步柳永) / 242

河渎神·江月同舟(步孙光宪) / 242

忆秦娥·开怀坐拥初霞红(步贺铸) / 243

好事近·意凝石心碧(步秦观) / 243

谒金门·南国不迁(步冯延巳) / 243

谒金门·迎春(步韦庄) / 244

霜天晓角·神仙供(步辛弃疾) / 244

生查子·送时人(步晏几道) / 245

生查子·玄思(步朱淑贞) / 245

点山骨·丰山(步冯延巳) / 246

点山骨·好个行禅(步周邦彦) / 246

点山骨·己亥推新(步苏轼) / 246

八六子·三才祭(步秦观) / 247

八声甘州·问雪(步柳永) / 247

蝶恋花·绝逢此处寻仙草(步苏轼) / 248

水龙吟·补胎儿泪(步苏轼) / 249

满江红·与曹公对话(步柳永) / 249

沁园春·论东坡居士(步辛弃疾) / 250

蝶恋花·志吾步词百首(步范成大) / 251

贺新郎·志公墨儿携刘婷新婚 / 252

早期赠某先生自度词二首

说新春 / 253

贺新居 / 253

上卷三　文（4 篇）
2008 年 11 月至 2019 年 9 月

李白之归 / 257

雄强挺立流风外 / 262

夫人 / 272

玉壶枣小记 / 274

后记 / 275

自序一

文稿付梓，按惯例，当请名家作序为宜，而微斯之我，只能自我呵呵，以求自适罢了。

然事有殊，韩公昌黎早已为吾作序，一曰《送孟东野序》，一曰《送高闲上人序》。吾之大旨，二文尽之。

吾才疏且拙，剖裂玄微不及摩诘，奇逸放浪不及青莲。然囊括万物、裁象归心，吾亦有所胜处。至于高情别才，乃诗之灵骸，征诸吾稿，抑或有所待之境。悬之一隅，以教化风俗，当无深愧耳。

吾言也狂乎？吾唯恐其不及具也。狂者，至性摇情、忘形弃骸是也。原心初向而尊天，青空唤碧落，吐彩吞霞；袂飘飞而春风醒，豁明眸而夕照馨；或引山野之泠风，接青空之雁鸣；或推山沉水，神留天壁……使其自已，咸其自取，一任其自然而已哉。尽性驱才，吾亦有亏，然天命之程，自向善行之，有何憾乎？

吾文之立意不染俗,难入时人之眼;遣字谋篇好野狐,难入方家之眼。但不孤,内配家乘,外传一二,足矣,余者可托寿山藏之。吾与寿山对晤已逾三十四载,欣欣然而无一间隙,托之立照,自可安澜,故择书名为:寿山藏语。寿山知我,必兴我。

拙诗四百四十一首,词一百零三首,文四篇,十三载之心迹,结为上卷以面世。下卷待续,其构成当主家训、杂识、游记。是为序。

抱一山人于梅公亭畔
2020年3月

自序二
拙诗词代之

一

莫问秋空有几层,
铁山研玉转真身;
文章已合天才老,
千叶衔花葬旧魂。

二

梅公亭畔笔张狂,倒起虬松挂石梁;
自有天根挽绝壁,一枝横断碧山苍。

三

临水不见愁,初心发渡头;
一苇飞缥缈,翻作白云流。
回望青峰合,秋光老壮游;
撷此天成色,伴我下孤舟。

四

别意泠风似酒浇,云里扶摇,江影躬招。空茫迸肘劈天桥,碎雨飘飘,碧落潇潇。　　我好炎天着敞袍,内擅风调,外御无烧。心钳二物赖天抛:石上灵桃,雪绿芭蕉。(一剪梅)

抱一山人于梅公亭畔
2020年3月

上卷一　诗（441 首）
2006 年 11 月至 2019 年 10 月

初冬寄语

2006-11-20

灵心一点不须寻,自掩柴门自策勋;
一梦开图翻手笔,玉山①不屑借青云。

寿山·初阳

2006-12-21

寿山磅礴,横天静卧;
琼蕊满山,精气勃勃;
我与对之,神交意合;
时时采之,炼我魂魄。
初阳入室,欣欣诺诺;
亲我素壁,抚我书桌;
悄然无言,霭霭虚和;

---

① 玉山:玉峰山,又名寿山(上有"寿"字摩崖石刻),处东至县城东侧。

但见流光，照彻石火；①
字字雷鸣，荡我肺腑；
铁砚飞龙，毛锥起舞；
观音含笑，佛瓜鼓肚；
随影潜声，欲离还住；
恍兮惚兮，此境难摹；
室外喧嚣，不见踪何；
渺渺余怀，飞梦溟漠。

自　　识

2006-12-23

自识弥陀慧眼开，何须万里觅蓬莱；
平常物遇拈花笑，妙相台空任剪裁。

---

① 流光、石火：刘磐老人赠吾诗条屏中语。

滴水寺[①]清潭

2006-12-23

白练飞空出古壁，凉生小雾清心息；
抽身翻悟玄机妙，潭影光收空自碧。

忆磐公[②]

2006-12-25

星河耿耿泛寒光，照客无眠独悲伤；
深情中忆思者谁？梅峰山下有刘郎。
忆昔寻师心发狂，江天寥廓正飞霜；
车迎寒山一色碧，风送朝阳满怀香。
梅峰山横祥云起，青溪水流似酒浆；
师如山鹤溪边立，高柳垂丝剪清装；

---

① 滴水寺：在东至县城附近。
② 磐公：刘磐，东至人，诗书俱佳。1999年冬，吾特地拜访磐公，一见如故，公置酒留宿，引吾为知己。诗中所记，历历不虚。

两耳如轮扇清影，面颊清癯眷慈祥；
未曾开口气先雅，开口满腹吐华章。
回步邀我上山冈，山冈顶上放眼量；
飞来石下多感慨，情思郁郁韵低昂；
三生崖畔发浩语，白发飘飘散疏狂。
啸庐①老屋一字开，庐前瓜菜自成墙；
蜂蝶戏围黄花舞，绿竹不避三径荒；
入室吟哦声朗朗，光生四壁情飞扬；
吟罢手稿兴未尽，抽笔示我两三行；
左旋右抹纵横扫，星精岳气焠光芒；
古意春深润花柳，更舞奇峰傲钟王②。
唏嘘此情已七年，年年花发映春江；
于今再寻恩师面，人间天上各一方。

---

① 啸庐：磬公住所。
② 钟王：钟繇、王羲之。

咏申古堂[①]二首

2007-01-01

申古

申古堂中多紫烟,襟冠穆穆对前贤;
心持半偈[②]凝秋水,身在天中坐月禅。

秋风

秋风剪取堂前花,不染堂中掌上茶;
幽径只从月共入,吟诗对酒画蒹葭。

---

① 申古堂:吾之居所。
② 半偈:出自释迦牟尼半偈舍身之典故。

卜　居

2007-01-02

久卜梅公亭①下居，四围青嶂一堂书；
蓬门不掩冰壶影，好梦常梳宝剑孤。
抱素何辞消骨瘦，问心岂肯做凡夫？
且从兰芷荐春意，收拾光芒入画图。

千年古城②之叹

2007-01-03

梅公亭毁草冲冲，草畔飞楼③不见踪；
岁月不堪人事搅，真经莫解世间疯。
文心梦失水云掩，玉管声微草树封；
坐看水穷人已忘，状元桥下哭蛟龙。

---

① 梅公亭：纪念北宋梅尧臣之亭。梅尧臣曾在此地宰建德县四年。亭建白象山侧，今毁。吾居所距遗址不足百米。
② 吾居地梅城乃历代古县府治所，古迹颇多，今全毁。
③ 飞楼：代指文庙。

状元桥[①]之叹

2007-01-03

状元未出兰溪[②]水，溪上空传状元名；
状元随风飘瓦去，芳溪之树了青青。
烟开兰水春波绿，岸拥黄鹂锦浪生；
野客空思徒注泪，周公清月向谁明？

避　　俗

2007-01-05

避俗何须寻隐山，自藏自出即仙家；
漫游真道开心海，独拟虬松并屋遮。
静引松风嘘太古，闲梳针叶吐云霞；
枝枝化作龙蛇护，守我笔头思梵花。

---

① 状元桥：乡贤周馥在文庙大成殿前建状元桥时谓"家乡未出状元，特置此桥迎之"。桥今毁。

② 兰溪：东至县城古河名，亦古地名。

寿 山 吟[①]

2007-01-07

我所思兮在寿山,双峰并立可摩天;
上有祥云周边环,下有孤客仙乎仙;
日日相伴手足连,夜夜相思梦魂牵。
此山本是龙首尖,尾接苍茫南海边;
不知何故犯天怨,荒卧此地千古闲。
天道无情日总圆,一朝文星坠山间;
初闻盈息见汗漫,复起秀色整衣冠;
绵绵千里动波澜,踽踽昂头向天攒;
神光四溢意翩翩。
我与寿山多奇缘,入住此山二十年;
年年河柳挂秋蝉,时时看山时时鲜。
寿山磅礴多蜿蜒,供我啸傲走山巅;
抻我肺腑作砚田,壮我魂魄度寒川;
寿山精灵化紫烟,洗我骨髓养我颜;

---

① 此诗句句押韵,谓柏梁体。

山涧汩汩响流泉,濯我缨带亲绵绵;
泉边幽篁独暄妍,发我酒狂①清心弦;
平顶古松似龙蟠,邀我醉时伴尔眠。
与山兴会真无前,遍采琼蕊写诗篇。

江 城②

2007-01-09

恨起江城是何年?天堂原与地曹连;
愁肠枉结日当顶,病眼空遭月正圆。
星共无明三色暗,魂随梦断五更寒;
我来江渚无他事,坐化南华第二篇③。

---

① 酒狂:《酒狂》,古琴曲。
② 江城:芜湖,吾之母校安徽师范大学所在地。当年病魔缠身,九死一生。
③ 南华第二篇:指《庄子·齐物论》。

秋之忆

2007-01-10

王生寄语赭山①陲,一夜西风暗紫微;
鸿雁只从愁里听,云山枉自喜中飞。
徒将槁木催春绿,直向死灰作泪垂;
几度亡魂招瘦骨,晴明留取动心扉。

黄宾虹山水画初探

2007-01-13

首开三代真如天,董范丛中发奥意;②
苏轼赞竹推与可,石涛画稿纳千翠;③
王维无意留王孙④,韩愈渐修说李翊⑤;

---

① 赭山:安徽师范大学所在地。
② 三代:商、西周、东周。董范:董源、范宽。
③ 与可:文与可。苏轼有《与可画竹赞》文。石涛:有《搜尽奇峰打草稿》图。
④ "王维"句:关王维《山居秋暝》诗。
⑤ "韩愈"句:关韩愈《答李翊书》文。

执此七家细细寻，或可粗识其中味。

咏黄宾虹山水画

2007-01-15

心香一炷墨浑沉，造我庄严大化身；
古韵流慈情湛寂，生机沸引愿缤纷。
天工岂辨人工巧？心象难夺墨象真；
颠倒纵横谁得似？以狂入圣散方僧。

谒陶公祠[①]

2007-01-18

功名莫与官低头，偏向南山结草楼；
身外浮云归俗与，眉间紫气笑王侯。
何时煮酒迎山客？且待挥毫醉古秋；
啸傲长天一巨子，高斋穆穆云赳赳。

---

① 陶公祠：陶渊明祠，位于东至县东流镇长江边。

观南宋苏显祖《风雨归舟图》①

2007-01-19

世人千载说纷纷，不好梅花古衲心；
体性非关空绝想，穷思莫辨渺茫音。
孤海二蛟②起末宋，众芳一夕下东瀛③；
漫漫风雨归舟路，诱我山人入浦深。

拟梅尧臣宰建德县

2007-01-20

寿山穆穆浴春晖，兰水清清映素眉；

---

① 《风雨归舟图》：此画近年惊现于古徽州之地。吾所及之画史均无苏之条目或图录，此乃吾平生所见之唯一苏作，故此画填补了中国画史无苏之空白。

② 二蛟：指苏显祖、牧溪。牧溪与苏同时，亦画家。

③ "众芳"句：苏显祖之画风在日本似有所传承，如雪舟、雪村之树法。至于牧溪对日本画风的影响则无疑是巨大的，被誉为"日本画道的大恩人"（见《日本国宝全集》第六辑〈解说〉），其画大多存于日本。中国所存极少，而继承者更是寥寥。苏显祖、牧溪之薪火东传日本，在中国却几近失传，大抵是不争的事实。

城里疏烟眠古柳，郭边凡鸟恋官闱①。
墙低好送翠竹影，讼少长思明月杯；
欲问梅公何去所，东溪携老正扶犁。

宿世词客

2007-01-25

半百诗成一瞬间，激情难掩上双眉；
原来宿世谬词客，化作天仙下翠微。

书坛佛事之叹

2007-01-25

笔线错开文字禅，性源不见空斑斓；
何来妙证廓神理？仅胜浅闻坐井蛙②。
有道失迷二执境③，无心断隔三重关④；

---

① 官闱：此处特指县衙。
② "蛙"用宽韵。此集其他处用宽韵将不再说明。
③ 二执境：我执、法执。
④ 三重关：三种由低到高之参禅境界。

书坛最叹佛心事,处处供人作钓滩。

二禅共进

2007-01-25

浑沦欲识佛中娃,时节因缘两莫差;
知解八旬犹得脚①,从缘三十见桃花②。
渐修当合岁月老,顿悟方投缘分家;
南北二禅共进影,暂时歧路莫龇牙。

千峰顶上

2007-01-26

玄关金锁百重围,陷虎迷狮亦可摧;
笵罂流光通橐籥③,真钩本分仗钳锤④。
直捷空尽万般法,孤峻不留一径泥;
独脱宗纲浑不觉,千峰顶上了云霓。

---

① "知解"句:关从谂禅师修行事。
② "从缘"句:关灵云禅师悟道事。
③ 橐籥:见《道德经》,此处喻本源或真性。
④ 钳锤:比喻严格修行。

新春示公墨儿[1]

2007-01-26（腊八）

我儿十一已出头，世事当明莫浪游；
明理首须明己任，治学先务治心牛；
真强本自苦中立，适境还从高处求；
休慕时风追日月，莫从游戏辨春秋；
根儒守道开新面，福泽悠悠文事遒。

论马一浮、刘磐二老行书[2]

2007-01-27

大家同境不同途，二老文渊共进舟；
马氏精遒逸径走，刘翁孤峻直心求。
北碑雄肆篆分古，南帖清温气韵稠；
若论一超入圣地，刘翁似在马前头。

---

[1] 迁夫子自道语，一乐。
[2] 马老书法囊括篆、分、魏，行书尤得益于王羲之《圣教序》，醇雅精妙。刘老从不临帖，发心自悟而臻其妙。

迎　春

2007-01-31

来往又翻花柳新，东篱立立待青藤；
清歌缓送人行意，细雨绵侵日色昏。
岂有寒门招贵客？一从名利甩边城；
笔头长许清闲客，留与寿山共此生。

王维文事掠趣

2007-02-01

佛性高洁灵性真，发之翰墨无俗尘；
天机清妙庭中月①，古韵温馨柳向城②；
画并芭蕉寒雪绿③，朴兼魏晋大隋魂；
案头字画谁堪比？唯有雪溪④最近君。

---

① "天机"句：关苏轼《记承天寺夜游》文之境。
② "古韵"句：关高适《夜别韦司士得城字》诗境。
③ "画并"句：关王维《雪中芭蕉图》，其大雪中立绿色芭蕉。
④ 雪溪：《雪溪图》，传王维作。

拟王维邀游[①]

2007-02-02

北涉灞玄游子冈[②],涟涟辋水漾清月;
村墟春夜散疏钟,远火寒林多爇灭。
草长春飞鯈戏水,陇深朝雏唤声切;
此中真趣君知否?莫负天机清妙绝。

论韩愈[③]

2007-08-05

地火冲飞惊鬼域,一声奇怪入高云;
寒星呛雨千山吼,正脉流伤众水嗔。
郁郁长风雄太古,茫茫九派曲成文;
送穷岂辨固穷理?狡狯文心不忍存。

---

① 本诗据王维《山中与裴秀才迪书》文吟之。
② 灞玄:灞水深黝之意。子冈:华子冈。
③ 在唐宋八大家中,吾最服膺韩愈。

文心石[1]

2007-08-09

作易星盘天头裂,半爿入怀润且热;
终归人事究阴阳,重整洛书合日月。
文挑星悬向阳飞,珠联璧照清夜彻;
袖里乾坤面面观,一石参破蟾宫穴。

武士头像石[2]

2007-08-12

难为天成造化功,茂陵卧马[3]神可数;
三星铜面[4]谢希声,莫道神亏秦俑补。
我得奇石发心花,冥冥神飞追太古;

---

[1] 此石从梅城河拾得,极似阴阳线裂开之半个太极图,嵌有一颗圆玉石,其上赫然立一天然"文"字,结体修长,篆意十足。
[2] 此石从梅城河拾得。
[3] 茂陵卧马:汉霍去病墓前石雕。
[4] 三星铜面:古蜀三星堆青铜人面。

君不见，盘古九变战阴阳，天地开折壮士斧；
身飞碧窟散云霞，独存头颅委故土。
我受天恩获此物，供之上座日为伍；
混沦不见开凿处，落落乾坤大化吐；
目如渊兮口衔云，沉沉一线穿地府；
素彩结发青丝低，下踞蛮牛上伏虎；
边陲狮守尽日闲，眼挂铜铃空云与；
遥闻梵音出鬓尘，观音历历吐真哺；
细语声洪振八荒，威严尽出慈悲母。
此中真意我从之，一味雕琢神必苦；
开篇三代①似误人，三代以下更多腐。

佛龛石②

2007-08-15

巧应谶文寄暝蛉，佛龛奇石振秋声；
顽猴最喜崩山乐，咒语重开石上情。

---

① 开篇三代：即本诗列举之霍去病墓前石雕、三星堆青铜人面及秦兵马俑。
② 此石从梅城河拾得，外形极似佛龛，正面石筋纹理似金丝猴头像，不同角度视之，其脸多变。此猴乃佛耶？

久困何妨千变脸，真诚自得一朝灵；
于今高会云台意，五指山前泻紫英。

答胡志超、彭子威二位恩师[①]

2007-08-20

天生皮相欲何之？久挂秋风惑所思；
深恩愧对云楼说，恶世羞从屠钓窥。
野鸟声烦人畏醒，碧潭獭笑水知悲；
由来不屑问肥瘦，只合光从愚谷飞。

聚宴问答

2007-08-28

开樽阔别喜相逢，款款秋云阻大风；
老眼频开山色妙，蓬心久困气深雄。

---

① 胡志超、彭子威二位是吾高中时期的恩师，对吾栽培有加。但志由天定，事不由人，吾愧对恩师耳。此诗是对吾20世纪80年代某个时期心境的追忆。

清音梦断繁华里，大化功移冷月中；
沧海自深人自醒，诸心可与我心同？

送公墨儿升初中

2007-09-03

独立秋江意迟迟，苍茫回首不胜思；
满园桃李花如海，他日凌云是哪枝？

无 题

2007-09-03

秋光漠漠雨漓漓，凋尽江南鸟不知；
渔父也游溪下月，山僧所好肉中肥；
青云缝滞窥梁燕，宝剑锋迷笑砺痴；
缘木子陵①长钓水，黑鱼跳上南山②陲。

---

① 子陵：严光，字子陵。
② 南山：终南山。

闲　身

2007-09-05

众鸟高飞无尽期，独留孤峻挂山崖；
曾言菊伴三荒地，无那风逃五柳家。
秋水无心云入画，青山失意雁飞霞；
梅公亭畔清波若，落个闲身好浣纱。

陋　室　吟

2007-09-06

平居陋室对高楼，明月偏从陋室游；
月助诗思能醉酒，秋摇兰水胜操舟。
闲兴丘壑独相许，随意春芳自可留；
可笑蜗牛角上事，南冠争破苦为囚。

咏桂花二首

2007-09-10

绿叶

绿叶丛中淡淡香，珍珠粒粒细微黄；
此花不与春花落，并作秋声发皖江。

满树

满树银花压紫栏，落英岂上五辛盘？
高情不散留香久，供我临窗日日餐。

达　　生

2007-09-14

悦生恶死无暇思，破灶衔苇似谪居；
道义不行休问卜，鳞鸿虽便莫修书。
梅公亭畔秋风老，浦水泓中锦叶疏；
圣事昂藏多雨露，几时落寞便踌躇？

示公墨儿·戒鞭铭

2007-09-15

伸如尺霸①，蜷似龙藏；

悬之正壁，不怒自刚；

本之大爱，爱之有方；

收之大成，成则顺昌。

轻不用锋，动则有伤；

伤止皮肉，治在心囊；

子兮子兮，父心可彰？

游朝霞洞②

2007-09-23

绿竹阴上小茅楼，风物澄沉一望收；

树影摇红和梦枕，山光卜水锁秋喉。

---

① 尺霸：古代木工工具，可避邪。
② 朝霞洞：在东至县城附近。

西霞影落疏钟晚,小洞香生细雨幽;

蒋氏空留方外乐,徒寻北地作丹丘①。

游唐山寺②·寻释觉正踪迹不遇

2007-09-25

风烟裹粟辨心香,禅境行留好自闲;

双璧③随缘寻旧旅,千花不遇礼秋山。

寺门徒就碑边闭,云径柱从鸟道还;

我得上人空色相,真心无处复无关。

---

① "蒋氏"二句:有蒋氏曾于洞口结茅,后移居北京。临行赠吾"霞光万道"横幅。

② 唐山寺:在东至县城附近。

③ 双璧:吾曾得释觉正民国时期所持诵之古版《阿弥陀经》一部,正面为手写楷体印刷版经文,背面布满其手抄行书墨迹,敦朴古雅,故谓。此经本之《香赞》乃吾所见之最优者,因特别,故附录之:"心香乍爇,法界同熏,莲池海会悉遥闻,我佛起祥云,嘉瑞缤纷,接引愿方殷,嘉瑞缤纷,接引愿方殷。"

某单位剪彩

2007-09-27

何时首长气轩昂，坐镇高台声带霜；
所幸先人归故土，咸逢尔辈逞威光。
红天彩帜当空舞，宝地公车压路长；
巨手一挥人尽去，日薰酒色梦他乡。

鹏　　鸟

2007-09-28

万里迢遥负气行，高秋吹息好长吟；
鹏程路笑峡江险，天上山迷玉垒深。
日挽扶摇留早照，夜含象影卸层阴；
十年一跃南天梦，更入新年喜不禁。

谒周馥墓[1]

2007-09-29

昔年秋浦起龙腾，今日飘零拜古坟；
空穴有灵早识我，钝才无用晚知君。
残麟落草斗秋水，败阙埋荒战暮云；
莫怪天风多著恶，直将书剑罢官军。

小庵里[2]观西海彤云

2007-09-29

庵外夕阳身半寒，独随流水兴秋浪；
周边彤色合山海，万朵莲花起念香。
昔语庄严未知乐，今从妙相初悔忙；
青峰直下泯灯火，莫使横江枕梦长。

---

[1] 乡贤周馥墓位于东至县官港镇。周公为官期间造福乡梓，善举颇多，但其墓却遭到乡人毁坏。
[2] 小庵里：在东至县城附近。

游小庵里

2007-10-01

空山劈立障青云,野鸟迢遥隔水声;
目启山光尘外赏,脚黏秋色道心生。
东方蔡岭①千重暗,谷底兰溪一线明;
欲下层峦归去晚,薜萝留我捉山精。

雪 中 吟

2007-10-02

蓝关雪拥草堂前,杨柳披依冻紫弦;
一树春风归梦影,半生明月浸寒川。
彤云暗下山当寺,细雨空飞鸟作船;
自古闲人多尚尔,把诗吟向雪中天。

---

① 蔡岭:在东至县城附近。

游滴水寺

2007-10-04

寂寥佛祖远禅声,滴水烟微石殿清;
曙色千年留古壁,高情何日下红尘?
孔方①洞隐佛光泪,香客心悬夜雨晴;
多少盲人骑黑马,光明崖下坠长生。

访罗汉松②

2007-10-06

天作别离远世亲,独留绝涧一峰青;
风餐鸣磬邀巢鸟,夜访空林伴紫星。
供果随缘香案浅,鲜花接引石床平;
千载庄严罗汉相,俨然天竺古先生③。

---

① 孔方:古铜钱称谓。
② 仿王维之作。
③ "俨然"句:直用王维语。天竺:古印度称谓。

日 出

2007-10-06

曙色平明待日圆，兰溪无语亦无烟；
初生半壁窥沧海，复起彤云画碧天。
轮彩渐移东岭外，金光端坐古堂前；
莫辞好景空怅望，一日西飞似隔年。

观 山 寺[①]

2007-10-08

青峰壁立俯寒江，袖里乾坤面面妆；
松傍禅房风定影，潭凝净水桂生香。
林峦浸演三车[②]梦，世路长沦五斗乡；
一抹微阳上宝顶，观音不语坐高堂。

---

① 观山寺：在东至县城附近。
② 三车：原喻佛教三乘，此处指佛事。

蜀地畅想

2007-10-09

松斋高卧自乘凉，抱朴观天岁月长；
阶下绿苔亲倒柳，井中竹影上高墙。
心闲何处无真境？空相随缘有故乡；
莫道巴山风雨贵，神飞是处即西昌。

河西山水[①]

2007-11-07

翠岭停匀尧水西，寒林断隔漏烟霏；
米家山水[②]开真境，助我诗情画上题。

---

① 河西山水：东至县城中之山水，其景至冬季绝妙，今全毁。
② 米家山水：米芾所画之山水。

观东至大历山碑廊[①]

2007-11-10

道心只为磬公开,不见磬公携酒来;
忍教时流争舜土,飞枝走叶绕山裁。

论磬公书法

2007-11-11

磬公未学王,颇能得王趣;
磬公未学欧,直逼欧中骨。
底蕴自古出,心性天赋汝;
诗书非俗物,只为真人吐。

---

① 此大历山与尧、舜毫无关系。磬公曾为碑廊作书,不知何故未刊入。磬公同时还写有《大历山赋》。

磐 公 祭

2007-11-12

天道无情好作别，一抔文字葬荒堍；
空山孤旨向谁问？泪雨飞伤为尔咽。
百岁在前道不绝，万卉俱摧香不灭；
艺魂落寞初发轫，天誓功成起雄杰。

十 月

2007-11-23

十月秋霜冷，支离草木喑；
古堂一夜雨，开卷百年心。
结习终难改，孤情自可矜；
春光老素约，片纸寄蛮音。

溪　水

2007-12-06

忧患何年去，兰溪此夜思；
山川留素影，松月待明时。
水古飞花冷，流长出谷迟；
一溪风缓缓，千里送江诗。

吾　性

2007-12-07

吾性本恬淡，波澜自可安；
心从晚岁许，业起早梅寒。
敢问红尘恶，休言路径宽；
诗书慰日夕，惯看青丝残。

独　行

2007-12-07

扰扰繁华里，往来唯数君；
天遗德性古，我坠孽缘深。
只道歌当酒，莫言泥望云；
滔滔谁挂眼？细语论晨昏。

展　望

2007-12-08

志远苍茫外，余生有望中；
云边常植柳，松下未扶筇。
真气倒江海，雷霆转世风；
天心一点月，应照晚梅红。

赠林山兄[①]

2007-12-17

倏忽[②]不解乾坤理，忍教太一[③]生灭裂；
从此长天欲火飞，红尘滚滚尽呜咽；
谷神[④]空天看刍狗，穷达如如一丘劫。
我兄只眼看世界，知天忍性作虎偃；
落落大才不可辱，牛鞭戳地誓切切。
所幸丛林风雨开，山溪一夜动征楫；
宦海初行多逼仄，旋飘长袖舞城阙；
坐饮尧水不解馋，直下玉潭[⑤]钓老鳖。
可怜秋浦[⑥]乱紫烟，锦书托鱼空问碣；
樊川[⑦]携酒上翠微，雨打黄昏错时节；

[①] 林山兄由东至调往贵池任职，吾作此诗戏赠。
[②] 倏忽：庄子"混沌凿窍"寓言中的两个帝。
[③] 太一：宇宙初之混沌状态。
[④] 谷神：万物之本根、本体，即"道"。
[⑤] 玉潭：玉镜潭，贵池古景点，传为梁朝昭明太子垂钓处。
[⑥] 秋浦：贵池古地名。东至县亦曾名秋浦，民国期间为秋浦县。盖两地均属秋浦河流域故。
[⑦] 樊川：杜牧，号樊川居士，曾任池阳（今贵池）刺史。

宾翁①画迹铸真魂,泣破农家旧板贴;
牧童何指有杏花?千年一叹摧城堞;
空山孤旨向谁问?皎皎文心葬荒堁。
更见尧水风烈烈,待我垂丝好梦折;
退守梅公三尺地,豪情消却半江雪;
卅载饱看纸坑山②,徒增墨楮累岁月。
山城文脉起晋梁③,踵芳遥遥千载接;
宿世词客今朝来,我借一支横天泄;
老聃④孔孟规伦理,屈迁韩苏⑤正文辙;
远绍先贤愧不才,近挑磐公堪匹列;
字字皆作铮铮骨,斩风截雨亦古绝;
我作混沌别样幽,俗鄙不上汗毛穴;
般若⑥一点透心明,劫火不伤骨肉血;
春风有约花有信,谁念肥瘦与圆缺?
迢迢尧水送飞舟,浪花掠过池阳⑦侧。

---

① 宾翁:黄宾虹。贵池人不识其画,以之糊板壁遮风。
② 纸坑山:乡贤周馥故地,在寿山旁。
③ 东至县至今存有晋陶渊明、梁昭明太子之遗迹,如东流镇乃晋时彭泽县属地,有陶公祠等。
④ 老聃:老子,字聃。
⑤ 屈迁韩苏:屈原、司马迁、韩愈、苏轼。
⑥ 般若:佛教术语,认知万物及其本源的终极智慧。
⑦ 池阳:贵池旧称谓。

兄不见，李白狂言笑鲁叟，而今我执狂言走；
大德不废道中狂，散僧入圣古来有。
我兄听之凋朱颜，自当窃笑莫掩口；
只为逍遥发心花，助兄垂钓好措肘；
梅公亭下思玉潭，才高不负捞月手。

记梦·步磐公《宿雷峰尖》诗韵

2008-01-28

蛟龙昨夜醒，好趁艳阳天；

先泻千山雪，后披万壑烟。

徐徐枕上舞，寂寂掌中眠；

忽揽东洲[①]月，行歌岳麓[②]边。

附磐公《宿雷峰尖》诗（作于1949年）：

高卧超尘地，桃源别有天；

花残三月雨，山暗一溪烟。

未遂题桥志，先来漱石眠；

余怀思渺渺，飞梦白云边。

---

① 东洲：何绍基，号东洲。
② 岳麓：指岳麓山，其上有《麓山寺碑》，何绍基有临本行世。

论东至诗坛

2008-01-28

喉哽平仄灌耳糊,长天落寞诗魂无;
周公①亦是旁门客,独我不才拜啸庐②。

改东至三先生诗三首

2008-02-02

悟

高秋负背缘溪行,逼听噌吰四五声;
老眼悬惊苍果落,举头陡立霜毛昏。
林中纵马儿时梦,花下扶筇老大情;
空向繁华问贵贱,痴留七秩误闲庭。

---

① 周公:乡贤周馥。
② 啸庐:刘磐公居所,号啸庐。

黄石矶柳树林

翠烟如织锁千枝，偷引春光吐倩丝；
沙柳有情恋远客，帆平无语也相思。

尧城发南昌道中

朝发细雨送轻尘，尧水日连赣水声；
五老峰前频驻首，百花洲畔唱晴明。

柳　　絮

2008-02-03

柳丝拂面挂长堤，戏拟飞花作雪溪；
一笑惊寒三月苦，绿杨堆里噤黄鹂。

冬日桃花

2008-02-03

阴极阳生暖未真,桃花无果自为春;
立冬倍是无情日,骗取芳心戏煞人。

蜂窝煤

2008-02-03

坐漏中空真气多,根根焰力发心窝;
良才铸就贫民性,只为清寒送暖歌。

吊曹雪芹

2008-02-08

文纲不主姻缘理，却教红楼乱伪真；
一自奸人偷耳目，何时清景正钗裙？
奇情路断苍生误，大旨尘封世道昏；
一瓣心香龇巨眼，千峰障里吊芹魂。

写何绍基《书麓山寺碑》

2008-02-10

雅健深雄一点真，横空破雨现晴明；
神挟翠黛来衡岳，势裹真香下洞庭。
贞公[①]接力磐公笑，晋水留鲜汉水迎；
应律何须花似锦，腊寒初现看花灯。

---

① 贞公：何绍基，字子贞。

自　　况

2008-02-15

石里迸出一点真，奇情异彩芒森森；
尊贤不改疏狂性，入圣常怀鄙世心。
只为真声战远古，何劳恶语论肥轻？
诗魂邀我飞梅岭①，纵揽风情自在吟。

致　冯　霄②

2008-04-15

书道随缘自有师，重逢五柳③正垂丝；
玄机参破程门雪，纵取东风第一枝。

---

① 梅岭：梅山，在东至县城附近。
② 冯霄为吾之弟子，2008 年 4 月 15 日，其父母设拜师宴于鸿庆楼"桃源"包间。
③ 重逢：因冯氏两代均是吾之学生，故谓。五柳：陶渊明，号五柳先生，有《桃花源记》文。此处吾借之自比。

观某先生山水画

2008-04-17

远水浮舟不见真,高楼阻断野山云;
只因脏腑少丘壑,输却丹青一段春。

评某先生诗

2008-04-19

诗思入水九层清,笔吐龙蛇任浅深;
莫把秋千掠白水,升金湖①畔说升金。

答苏轼

2008-04-19

谁贪翠盖拥红装?陡起湖边一夜霜;
散却青丝飞日月,蓬头折锦写秋光。

---

① 升金湖:地处东至县北部,有"中国鹅湖"之称。

得 意

2008-05-13

豪情高过山城树,直遣长风邀李杜。
得意何须三百杯?一杯醉倒千山绿。

定 风 波

2008-05-13

老夫惯看人间事,天道何亏世道磨?
寄意闲身浑不觉,高情长许定风波。

知 足

2008-05-14

高情无用,非闲不取;
法眼唯新,非真不与;

宴坐中岩，素心自许；
目寓山川，胸罗贤侣；
遁世无闷，纵横吞吐。
我系何人？羲皇上主；
既承天德，何惧天忤？
何穷之固？何陋之辱？
无用赐福，永享其哺。

释 文 引[①]

2008-06-01

诘曲通篇画独狗[②]，又似泥淖走蝌蚪；
我修八法[③]老岁月，奈何天工伴鬼守。
强寻偏旁推点画，无补一二笑八九；
一纸释文送风来，细挟春温暖君口。

---

① 吾致某先生手札，因字迹潦草不可通识，故打印释文寄去，并附此诗，一笑。
② 独狗：与"鲁鱼之误"同义。"独"繁体草字与"狗"字易混。
③ 八法：书法代称，因永字八法故。

观何绍基《落花诗行书册》二首

2008-07-03

潇湘问月

潇湘问月老山坷,云影留香困女萝[①];
十二重帘开次第,落花诗雨剪江波。

莫启湘妃

莫启湘妃问逝波,流光清影试维摩[②];
浑茫老象沉心海,逐水落花意也多。

---

① 女萝:又名松萝,一种线状植物。
② 维摩:维摩诘之简称。

记梦遣暑[1]

2008-07-27

文主双雄梦里思,图成意足不须诗;
冰尘已解玄言废,鲁殿新开大匠痴。
姑射[2]神凝祛病苦,丹崖路迥漏心知;
撩须半榻供高卧,寒暑不争墨楮奇。

送某画家谒九华

2008-08-03

法云深护夙缘开,风送远公款款来;
漫启藤萝移月色,还从姑射拜天台[3]。
心清自净千重彩,相灭空图三界灾;
默守低回赤子愿,丹青永固倚云裁。

---

[1] 昨夜梦新殿落成,后堂正壁赫然现"鲁班"二字。
[2] 姑射:姑射真人,出自《庄子·逍遥游》。
[3] 天台:九华山天台寺。

迎海派友人①

2008-08-13

抱瓮老人②顽且鄙,灌园不问青云起;
山光作意空禅房,夜雨无心散绿绮。
居士③只今行道处,梅公旧是草堂址;
忽闻海上沙鸥来,漫启苍苔檐下洗。

复　　性

2008-08-21

心如幻化师,能出千万境;
无相④以受生,和彩分别性。
老氏婴行⑤孤,几人得正命?
吾志在返求,寥廓秋风劲。

---

① 海派友人:上海某画家。
② 抱瓮老人:出自《庄子·天地》。
③ 居士:吾之自道语。
④ 无相:指道家理念。出自《老子》第十四章。
⑤ 老氏婴行:指道家的修行境界。出自《老子》第十章。

墙 之 道

2008-08-25

道之为境，率性而生；
一山一茶，一字一文；
一静一简，一精一恒；
唯德唯业，日新又新。
不假外物，依觉背尘；
摄心一处，寂里通神；
恍兮惚兮，静默渊深；
惚兮恍兮，不拒不迎；
味之无臭，掬之无形；
清空夜碧，月华含英；
尤怨者何？去若流星。
体道无失，灵之在诚；
明之正鹄，返求诸身；
从天立命，不器也贞；
成己成物，物因我存。
圣哉中庸，以诚固根；
显乎形外，敛乎内庭；

和而不流，处正不矜；
发强刚毅，溥博温敦；
博学审问，明辨笃行；
不言而信，不受而亲；
淡而不厌，简而生文；
物将自化，玄同老君。
乡愿乱德，大道难伸；
世心蔽翳，认贼为邻；
千年霹雳，渺渺茫音；
悲哉绝学，古今同昏。
我继一脉，唯命是尊；
立心复性，犹似散僧；
作狂进取，弄险正绳；
执此绝技，纳艺弘门；
将之当酒，对墙自斟。
嗟夫！
不识时务为俊杰，三教之父先发辙；
而今我悖时务来，不求俊杰乃迦叶[1]；
前有孔孟韩张王[2]，精神抗位真侠客；

---

[1] 迦叶：佛陀十大弟子之一。
[2] 韩张王：韩愈、张载、王阳明。

近服儒宗唯蠲叟①，神完气固任生灭；
风骨长存眉宇间，收拾彩石补天裂。

致公墨儿升初二前夕

2008-08-31

欲览风光上险峰，一级自有一级功；
莫因一步踩虚妄，坠入万山峡谷中。

山水画掠趣②

2008-09-15

画工刻板似龙眠③，吴生④取景神未闲；
与可⑤怡然醉竹影，辋川⑥芭蕉共雪鲜；

---

① 蠲叟：马一浮。
② 此诗涉及二十多个画家。
③ 龙眠：李公麟，以画马著称，而画山水难得其妙。
④ 吴生：吴道子，《洛神赋图》之山水非其所长。
⑤ 与可：文与可，以画竹著称。
⑥ 辋川：王维，居辋川。其《雪中芭蕉图》在大雪中安置绿芭蕉。

溪山本是范宽①主，真雄气盖荆关②巅；
问道心清秋山质③，不语重汀浸寒烟④；
倪迂⑤独解云林性，孤影脱略九秋鸢；
山樵⑥细斧雕山木，一峰⑦苍简洗龙涎；
苦瓜⑧天纵作始俑，恶俗风靡扬州天⑨；
我爱宾翁⑩笔墨古，南宗一角巨眼圆；
只为证心看山色，相理同灭南华篇⑪。

用笔之趣

2008-10-04

主篆多曲，执拗多背；
腴性铺毫，丰筋裹喙；

---

① 范宽：有《溪山行旅图》。
② 荆关：荆浩、关仝。
③ "问道"句：关巨然《秋山问道图》。
④ "不语"句：关董源《寒林重汀图》。
⑤ 倪迂：倪瓒，字云林。
⑥ 山樵：王蒙，号山樵。
⑦ 一峰：黄公望，号一峰。
⑧ 苦瓜：石涛，号苦瓜。
⑨ 扬州天：代"扬州八怪"。
⑩ 宾翁：黄宾虹。
⑪ 南华篇：即庄子之《南华经》。

精警抽勒，厚黑使气；
朴拙偏促，潇散变易；
灵光焠颖，分疆飞骑；
刀锋逼立，纵擒合意；
行如推手，且拈且弃；
宽挺怀柔，含虚太极；
群鸿振羽，欲飞未起；
回腕弯弓，鹘落兔毙。

致广东某先生

2008-11-09

未证千江月，不思南海潮；
何时方寸地，溟漠付神交？

集《平复帖》字·彦先[①]

2008-11-10

瘵羸不已恐难平，此虑为初病复承；

---

① 此诗将《平复帖》字几乎全集入。集字诗均不作注释。

躯体威仪止尽美，伯荣寇乱自西闻；
识思不量称忧际，举止失观动主恒；
庆有往来吾所执，迈前详峙乱杨临；
唯男承使子能耳，失幸属悉问宜城。

贺侄儿黄威新婚

2008-11-23

婚结晴明动紫星，瑶台缓佩问心琴；
春光若解功名意，不教繁花照眼新。

为　文

2008-11-25

不慕离骚①缀草莱，自提香柏作梁台；
新翻文字如苍狗，古意斑斓任剪裁。

---

① 离骚：《离骚》，屈原辞。

写《张猛龙碑》

2008-11-25

正锋盘肘，气格高张；
推拿顿挫，暗化柔刚；
藏截侧掠，篆引无方；
起立在颖，摧挫逼枪；
折蹲转缓，波挑低昂；
线走太极，拽尾穿帮；
曲因纵挺，巧自拙妆；
卧而似起，摩而似攘；
清峻治浊，夭矫治僵；
厚治寒俭，朴治乖张；
以气裹笔，以意导航；
以心坚志，以势强梁；
随机化物，不主故常；
憨拙雅古，威光潜藏；
散僧入圣，醉步垂裳。

霜降听蛙鸣

2008-11-26

大雪不见雪,霜降热纷纷;
平明闻鼓噪,错爱乱三春。

观某先生小楷

2008-12-15

难言老眼低,对镜看花迷;
薄雾随山醒,微阳敷水齐。
真声发老拙,个性自灵犀;
若解倪黄①意,烟波散壑奇。

---

① 倪黄:倪瓒、黄公望。

致国庆胞弟

2008-12-17

麦垄河边误少年，只从牛背着先鞭；
功亏莫问当年事，且教儿孙补砚田。

写《张玄墓志》

2009-02-21

劲利多含蓄，朴拙也秀姝；
雅洁出厚古，静密致宽疏。
平扁不得志，猛龙①是借途；
天成难尽理，移取寿山居。

---

① 猛龙：《张猛龙碑》。

古 偈 思[①]

2009-02-21

实相本空寂,随缘百象过;
出入楞严境[②],生灭了风波;
水性不生尘,雁影空自多;
寒松千年别,苍苍色不颓;
钟山[③]千闲耳,涛声下南柯;
触眼了无碍,何须辨鸭鹅?
濂溪[④]多腐水,翻弄濯足歌。

---

① 根据《林散之研究》中资料。古偈云:"有物生天地,无声本寂寥。能为万象主,不逐四时凋。"林生若谓周敦颐对此偈冥思月余,方心领神会,乃一"悟"字耳。此解令人喷饭。
② 楞严境:圆满大定之境。
③ 钟山:石钟山,位于江西省湖口县。此句关苏轼《石钟山记》内容。
④ 濂溪:周敦颐,世称濂溪先生。

集《龙颜碑》字七首

2009-03-10 至 2009-03-15

独步

独步在南境,流风三代宗;
将军尚古道,太岁垂天功。
孝感会瑛哲,礼聘歌士风;
人情归望否,蝉蜕邈河东。

抗俗

祖肃灵山峻,德门孝友多;
振缨均九例,敦土安千柯。
散骑宣天邑,充庭刊薜萝;
轺车重累迹,申古抗俗河。

文章

文章礼大命，位运修天斧；
慷慨镇河岳，忠诚简帝府。
登山明道义，抚水兴风楚；
班固述修事，略输司马吐。

良木

良木胜繁霜，辉光岂退藏？
风流千代远，高纵八方扬。
建树感玄泽，碑铭思凤翔；
楚国长硕子，黎庶记恩芳。

兰声

邈邈当何世，兰声感旧邦；
清名播遐迩，仁义兴朝乡。
朱黻焉充室？文章可霸王；
道心若遂志，馈尔满庭芳。

源流

源流清不滞，正本逮其功；
高木抚磐石，根存深固中。
昌黎三代古，殊轨万载风；
垂文法后世，玮玮颂天崇。

八美

容貌伟于时伦，贞操超于友门；
温良遐迩必闻，独步卓尔不群。
三教游心敷陈，五经剖符幽明；
追怀瑛哲存真，福隆后嗣飞声。

甲骨文"艺"字之思[①]

2009-03-23

欲究天人理，直合甲骨题；
纳形推造化，会意见夷希[②]。

---

① 甲骨文之"艺"字，其本义为种植。但若站在艺术之本质立场上观之，则更应该取其衍生义——对天地自然之崇拜，此会意与象形似更为契合。

② 夷希：即夷希微，出自《老子》第十四章。

睹物怀先祖，观山息钓机；
捧心拜日月，得境自称奇。

论苏轼书风[①]

2009-03-23

峨眉山月下江波，一路风情一路歌；
赤壁遭逢寒食雨[②]，势横江底镇盘陀。

峨眉之梦

2009-03-24

白雪蒙巅月笼烟，紫烟迷离掩故园；
我梦醍醐灌顶绿，青溪夜发作诗篇。

---

① 苏轼因乌台诗案被贬黄州，书风有变。
② 寒食雨：出自苏轼《寒食诗》。

集《散氏盘铭文》字·强才

2009-03-25

左执卑马陟虞道，右宰田图登九宫；
边柳围城散绿旅，州眉称月怀新丰。
原德唯效周王誓，大木且从虎邑封；
既付贞心降厥贼，强才自受刚陵东。

画堂西畔雨

2009-03-25

画堂西畔雨，剪我东窗潮；
发我三绝唱，报我金错刀。
卷帘问秋月，神光披二毛；
挥刀作旧别，策马过兰桥。

瑶草最关情

2009-03-26

春光怜玉骨，难解是初心；
黄鹂浑欲啭，绿叶待成荫。
空谷半枝妙，烟波一径深；
荣衰休论我，瑶草最关情。

集何绍基《落花诗行书册》字二首

2009-03-27

旗亭

旗亭酒醒地，千里牧歌回；
梦唤三生骨，心从石上开。
长风吹汉水，清影舞云台；
唱罢一挥手，春江落霸才。

袁公

袁公不自律，落魄芳心苦；
坠影随红尘，因风委故土。
上林御马才，帘幕消金缕；
子野闻歌处，月明伤别浦。

用　　笔

2009-03-28

空中作气，旋风正逼；
蹲锋抽走，散构探戟；
随势赋形，随形作意；
随方就圆，随缓应急；
意到笔止，遑论粗细；
拗拙通神，古雅立极；
舍此无他，唯有一黑。

集《西狭颂》字四首

2009-04-14 至 2009-04-16

道之危

两山临于谷，壁立造崔嵬；
车马困渊石，清风枊月帷。
所图无禹迹，为患有天威；
惴惴远行者，长歌叹道危。

清平露

敦诗明礼教，德义继门庭；
不念膺禄美，刻图能典城。
黄龙可破壁，福道不因陈；
天降清平露，惠斯静守人。

李翕

李翕治府国，静守唯其则；
博爱致嘉禾，宽严因恩设；

平夷动四方，欢悦歌君德。
对会无缘事，诈愚俾覆克；
清风咏汉水，直浚衡阳侧。

强者

困哉集于木，险哉临于谷；
明敏造化工，殆哉不我覆。
弱者践其害，强者敦其福；
丰稔降斯人，广大致坚固。

集何绍基行书字·记梦三首

2009-04-17 至 2009-04-18

松下

松下海翁状蟾蜍，伸肩举臂结跏趺；
前执哮虎蓬头坐，后引跻人捧钵踞。
水上月明犹在岸，杖中锡绉待擎珠；
螭龙若泛惊涛背，坐忘收功行自如。

拄杖

拄杖踏螭者，乘流浩瀚飞；
鲛人随梦去，万里月明回。
水泛芭蕉绿，风平笑语微；
梦移松岸影，踞卷似狻猊。

偏袒

偏袒右肩，延企蓬头；
拄杖念佛，龙止中流；
竹扇在手，狎舞忘忧；
戴笠驰雪，状如海鸥；
一日万里，脱履可收。

西泠别想[①]

2009-06-15

孤鹤寥天耻向人,龙泓洞[②]隐化仙身;
逃名最是修真处,不作凡夫看雨晴。

集《张猛龙碑》字四首

2010-03-11 至 2010-03-15

林之鹤

鹤栖上林,眷发天恩;
遐观玉阙,烟月妙承;
剖符儒道,退古养温;
孝悌出闾,移风千城;
高山仰止,从善如云;

[①] 此诗出自吾2009年《百年西泠大展征稿古诗文》序。拙作入展,并进入前十名,被《西泠印社诗书画印大展作品集》及《美术报》选载。
[②] 龙泓洞:西泠印社内景点。

是蹈唯德，乃依是仁；
灵源在震，景焕天文。

水之德

南阳所出，白水分源；
世备详录，盛德具延；
星移郁像，鸟兴渊玄；
巉岩浮汉，万壑始宣；
叶牍还朝，素轨可裁；
流威思晋，周秦中捐；
秋信其变，龙震神轩。

君之荷

贞信守志，白首青衿；
神资岳秀，桂仪兰心；
弱露怀芳，初惠当春；
君荷出水，朗若新蘅；
晓夕承奉，夏养冬温；
留我明圣，化怠安神；
唯德深恃，无惭黄金。

国之风

草石之变，思及泉木；
禽鱼自安，无心比目；
仁爱有怀，克修尚鲁；
君荫奉朝，雅风易俗；
野畔千里，云开林屋；
星汉飞声，其慕犹古；
且贞且信，国之威武。

拙文登某报序言诗

2010-03-16

伐木丁丁，以求友声；
其声也微，其境也真。
与可画竹，德宰其能；①
王宰画水，闲引其神。②
率性自足，揽镜自凭；
环情大调，接乎苍溟。

---

① "与可"二句：关苏轼《与可画竹赞》文。
② "王宰"二句：关杜甫《戏题王宰画山水图歌》诗。

评邓石如书法

2010-03-16

篆隶初强便转衰,千秋救世邓公来;
高明一笔解千困,大圣三毛化百呆。
禅悦风偏周汉月,金刚杵畏天随台;
开山固有先师位,立极还须后代裁。

集李之仪《汴堤帖》字·贺内侄建吉新婚

2010-03-18

对光一拜累年音,尤向庶德报显春;
瞻仪回翔属美嗣,相投严己可知人。

赠苏嘉谟干爹

2010-03-28

平生意气味天和,且向东溪解棹歌;
不惮薄田输众好,自将佳教种芳荷。
踏歌心契梳河柳,环灶烟飞引薜萝;
老至闲随清露晓,推窗唤鸟唱嘉禾。

贺毕先生新居二首

2011-03-19

诗成

诗成斑管暗生香,梦入清溪向剡乡;①
我系扁舟访夜月,原来仁宅近蒙庄②。

---

① "诗成"二句:关王子猷夜访戴安道之事,出自《世说新语》。
② 蒙庄:指庄子或庄子居地。

熏风

熏风一曲话乔迁，唤醒云山多少闲；
与客携壶何用酒，捻须一笑醉平天。①

西泠塔下

2011-05-27

抱一山人晚不孤，岁寒常与道相娱；
西泠塔下结诗雨，洒向书山慰卜居。

吾 之 生

2011-06-23

我所思兮在太初，梦里投荒降楚隅；
山鬼折芳遗远止，仙人搅梦叩诗书。
红枫罩顶老岁月，皓首凌霜鉴青芜；
而今不问秋山路，一觉诗留西子湖。

---

① "与客"二句：关杜牧《九日齐山登高》诗。平天：平天湖。

书 之 灵

2011-06-24

枕上曾识君山处,醒来迷失君山路;
南北颠倒任东西,笔下茫然画死兔。
天生我才难入俗,天生法眼开拙骨;
任尔君山深九重,历历高标自可数;
我自高标破空来,笔底惊呼杆格苦。
幸得刘翁[①]写林逋,小园梅剪金刚杵;
三代[②]降魏参晋唐,沉沉十年穿今古;
源流一道自心明,千江齐汇何家浦[③];
原来灵光恋潇湘,异彩奇情映巴蜀。
我撒千毫网江流,江上徒留漏网语:
吾之灵,在寂途,梦走奇穴难自睹;
吾之灵,在险途,注性摇山挫猛虎。
尔之为,三分卓,七分腐。

---

① 刘翁:刘春霖,清末状元。其书法作品《山园小梅》(林逋诗)对吾影响巨大。
② 三代:商、西周、东周。
③ 何家浦:代何绍基。

楼头偶题

2011-07-27

为我引杯添酒酬，与君击箸上楼头；
诗追国手徒虚妄，命压真心不自由。
举眼风光皆寂寞，满城风絮斗闲愁；
无名总被无端恼，五十三年折过秋。

赠松山兄

2011-08-10

浮生解尽盈虚理，到眼风光过眼流；
甲子初交身外福，随缘伸曲信天游。

集刘孟伉行书字·听《将军令》

2011-09-23

筑击惊弦听《将军》,诸文艺事会西泠;
诗成曲尽天云远,水调高怀牛渚声。

集敦煌文书字·秋宫怨

2011-10-18

羊车一去长青芜,更漏秋宫咽玉壶;
铺上月明莘夜冷,流苏触镜彩鸾孤。

蛇年示二首

2013-01-27（腊月十六）

龙蛇

龙蛇起变画①，供我笔头舞；
不作千年花，但求一夕古。
人间百事忙，唯我多闲杵；
杵杵有余情，欠之岁月补。

关闭

关闭四围窗，开辟一条路；
关之一何急，辟之一何独。
久战不知年，犹留生死处；
无人可逼我，龙蛇偏光顾。
霭霭井上烟，依依挂老树；
不散留香雨，一缕天下富。

---

① 变画：即变相之画。

盼　雪

2013-02-02

五九又逃寒，不见雪花舞；
蜘蛛荡四壁，苍蝇追亡逋；
布谷叫声奇，热浪扒皮褥。
世间百事哀，人是万恶主；
五色遇五毒，贻害不可补；
老在戕贼中，乐在儿时许；
悲哉莫问天，天亦为之苦。

雪·狗齿梅

2013-02-19

七九尾上天，始见雪花舞；
山研苍苍色，黑白一锅煮；
飘飘色相花，势欲瞒天府；
不见过海人，但见花钻土。

檐下一枝梅，瑟缩不自主；

残黄抱香泣，蔫然挂枝腐；

霜禽莫偷眼，偷之恨林逋；

粉蝶莫有知，知之魂自辱；①

大寒挺斗士，小暖失真骨；

悲哉狗齿梅，晚节断煞汝。

东方不死必然物

2013-02-24

大教不行休问槎②，凝眸背海对昏鸦；

今才不齿老才用，正眼徒争白眼斜。

鸟噪青空嫌草阁，鱼行潦水也龙蛇；

东方不死必然物，岂怕朝暾似地瓜？

---

① "霜禽"四句：关林逋《山园小梅》诗。
② 槎：木筏。

公墨儿成人礼酒席上

2013-03-07（正月二十六）

举杯邀儿郎，共赏明月光；
明月若知我，早下水晶房。

贺某先生新居

2014-01-03

大宅新成，登临送目；
山环水涌，眉间伸缩。
南引鄱湖，鱼龙起伏；
北接九华，雨露清肃。
楚风激越，吴韵婉曲；
和声绕梁，益尔一族。

盼　雪

2014-02-07

一去经冬暖，琼思石上耕；
春来几粒雪，跳断我窗棱。

绍兴观程先生挥毫

2014-05-16

新城挤破旧时景，笔会难逢真士评；
偶遇先生醉墨皇，辉光弥盖稽山顶。

赠程先生

2014-05-17

绍兴一别情依依，风雨不移两地思。
论道谈诗不是梦，连云港下守吾痴。

绍兴归来

2014-05-20

神光暗走益泉堂,何事迢遥为笔忙?
不见惊雷奔腕底,但闻豪雨戏群芳。
随流识去三山远,合道才飞五柳长;
最是闭门多守拙,管他花谢与花香。

迎春二首

2015-02-13

妙里春光

妙里春光草上行,远中证得近中魂;
韩公独下通神语①,惹得时人障眼昏。

---

① "韩公"句:见韩愈《早春呈水部张十八员外》诗。

掌上春光

掌上春光何处藏？溜之不复是归乡。
撸头一笔因风起，拍向青天作雁行。

致安徽师范大学 1984 届同学

2015-04-11

当年百病战岐黄，坐看春江叹水穷；
大化功移三十载，一声橘颂①醉秋风。

独取一苇秋

2015-09-22

此字不随流，初心守渡头；
千帆看看过，独取一苇秋。

---

① 橘颂：《橘颂》，屈原辞。

写战国瓦书[①]

2015-09-22

薪火一脉艺魂孤,瓦篆下传诏版书;
我自飞瓦驾鸾鹤,拙眼个里无真殊。
几人梦断潮流误,寂里别才独通无;
银针空悬一点响,接我飘飘坐冰壶。

临池遢遢四首

2015-09-23 至 2015-09-24

写《石颂》

阿芝[②]水墨一团牛,少腿藏头半角鳌;
尾上飘然一点妙,神光照彻铁山[③]刀。

---

① 瓦书:指战国秦封宗邑瓦书,陶坯上刻字烧制。
② 阿芝:齐白石之小名。此诗前三句状其《水牛图》。
③ 铁山:《石颂》摩崖石刻所在地。

写 《广武将军碑》

此翁不入流，驼背又蓬头。
颠着蹇驴走，行歌醉晚秋。

写 《张迁碑》

我写张迁不喜方，取其生拙用圆装；
圆装若违风流意，甩入沧江任浪狂。

写 《开通褒斜道石刻》

石藤爬上摩崖壁，慢展轻柔玩太极；
无意张罗大汉景，天风倒海浑无敌。

中　秋

2015-10-21

菰蒲泠泠烟漠漠，秋风暗展海天薄；
才思半缕嘘云霓，皓月一轮空挂阁。
泼墨不邀山雨来，敲棋独守灯花落；
月移西岭不须裁，自遣神交通大壑。

贺侄儿冶飞之女百日

2015-11-29

百日望百年,小树可参天;
世上多能事,九分在砚田。

志吾之首个书展二首[①]

2016-05-28

玄花

玄花生五彩,笔下筑云台;
只为高情故,捧心四面裁。

[①] 吾之首个书展,亦是东至县首个个人书展。展名:文渊胜地,翰墨辉光。地点:东至一中。时间:2016.5.28—6.4。作品:86幅(134件),五体皆备。出席书展的单位有东至县教体局、文广新局、党校、人社局、发改委、谢宗安书艺陈列馆等二十多家,报道单位有东至电视台、东至人网、东至一中等。

心头

心头一点墨生香，化作柔毫顶上光；
梦里仙人传此秘，凌云一笔发春江。

赠东至人网

2016-05-29

一键流芳到万家，粲如天海布云霞；
无心一朵随风落，飘我座前供插花。

致某骨科医师

2016-05-29

医追国相仗仁风，骨里乾坤有妙功；
不用岐黄也逞世，一翻掌救三折肱。

歙县寻祖迹[①]

2016-06-02

祖公元集[②]东晋黄,郡守新安子嗣长;
我自尧城通赣歙[③],溯源千载探辉光。

龟　祭

2016-06-18

小龟怜怜,结侣成双;
伺之满七,承欢在堂。
小龟怜怜,夏日苍苍;
错为补钙,安死东窗。
小龟怜怜,凫水不张;

[①] 2016年6月2日,吾与胞弟国庆、族侄梦雄驱车前往歙县。
[②] 元集:祖公黄积,字元集,江夏始祖黄香九世孙。东晋时任新安郡太守,葬黄墩(今安徽省歙县境内)。
[③] 尧城:东至县城,因梅尧臣而得名;赣:江西省;歙:安徽省歙县。

其首微伸，其神安详。
小龟怜怜，呼且摸将；
不见回首，老泪两行。
小龟怜怜，黄帛裹缸；
掩之不忍，供以精粮。
小龟怜怜，并首朝江；
葬之象侧①，捧土为房；
盖我手印，击石留殇。
吾龟有灵，当下山梁；
乘流入海，顺天作王；
王之莫欺，慰我心狂。
呜呼哀哉，尚飨！

白也来思②

2016-06-24

巍巍山城，凌空一碧；
其势高标，非岱③莫匹；

---

① 小龟葬于白象山侧，梅公亭遗址处。
② 信则立求吾字，谓其壁之李白甚孤，吾兴会作此诗戏之。
③ 岱：泰山之别称。

其神高蹈，非白莫及。
白也来思，风驰电疾；
脚黏莲花，口吐云笛；
浩髯飘飘，光生八极。
我推高情，久挂山脊；
老眼环顾，非白不即。
白也来思，我心亟亟；
寻且注之，不见踪迹；
登高呼之，旷野寂寂；
我心悬悬，垂乎天翼。
白兄空响，笑发霹雳：
"余乃酒仙，声震格力[①]；
主人厚余，留之在壁；
一饮忘年，盛意难弃；
余好其德，有信则立。"
白兄孤饮，才性成癖；
我将制书，横推百尺；
供之呼酒，与之对膝；
风雨一堂，吐朝吞夕。

---

① 格力：格林蓝天小区，信则立居地，吾误为格力蓝天。

墨上行船

2016-07-09

墨上行船纸上走,满船画意初开肘;
棹边残月易逃魂,镜里仙乡难揩手。
势将江声逮猛龙,心偏日影擒苍狗;
渔歌并作秋山梦,山水一堂挂五柳。

写《龙颜碑》[①]

2016-07-12

我写龙颜二十秋,神光可望不可求;
岁月一任尘封去,放置青山看云浮。
我在宾翁画中走,偶见龙颜正回眸;
似从灵庙穿西狭[②],罡风排宕势方遒。
惊呼一笑天门开,雨罩千山下江流;
轻摇慢展击千里,沉沉一往寸心留。

---

① 此诗仅剩上半截。临书足迹,不忍弃去。
② 灵庙:指《灵庙碑》。西狭:指《西狭颂》。

偶写王羲之《圣教序》

2016-08-07

熠熠灵光跳眼前，毫头触处渺如烟；
何来鬼魅挑星逗，似去雷霆抱瓦眠。
海角传经耕太古，天边放鹤驾云船；
归来偶凑当年兴，圣意欣欣纸外旋。

自 嘲

2016-08-08

尧城叠嶂不嫌烦，困我行程寸步难；
抬眼问天天不语，长空过雁似飞船。

作　　诗

2016-08-08

作诗有何难？款款指上弹。
云从指间出，飘上玉峰山。

合肥访宗亲夜宿安庆

2016-10-02

北上寻亲任日沉，宗风遒发海天横；
高擎祖上一轮月，照遍肥城下宜城。

宗　风　阁

2016-10-03

昨日秋光昏漠漠，今日秋光清廓廓；
明日秋光不可知，人生如斯难断捉。

我遣秋光上笔端，禾香一并墨香落；
深浅九重千江里，重重光影泛灵鹤；
此乃梦里发威光，醒来何曾见此着？
山谷①公，宾虹②老，依稀梦里恍如昨；
前启文脉一炷香，后开道心渊卓卓。
我执两端何所为？矫矫何处可托钵？
我才清也薄，我性醇也拙；
我心独而初，我意妙而确；
笔耕三十载，放意难自若；
孽缘三千丈，五鬼闹文恶；
和月推梦枕，九天翻雕鹗。
呵呵乎！该去自将去，任他影摸索；
该来自将来，大命有顾托。
秋光漠漠秋廓廓，助我魂飞宗风阁；
一任秋光放飞去，刮尽千峰翠剥啄。

---

① 山谷：黄庭坚，号山谷道人。
② 宾虹：黄宾虹。

赠黄鹤飞宗亲十首

2016-11-21 至 2016-12-01

三天

三天不见先生诗,锁我眉头半夜思;
铁毫挫断西山月,一片彤云正上时。

四日

四日微屏不见诗,鹤飞何处作豪思?
寒江坐罢归一笑,梦里河豚唤上时。

长天

长天落寞了无诗,万丈豪情纸上思;
借得先贤一点墨,横涂竖抹待明时。

岩前

岩前瀑布挂长诗,袅袅飞烟绕客思;
一曲《酒狂》张绿海,松风万里待归时。

文起

文起紫微顶上诗，风骚以降千年思；
韩公①狡狯通神语，拗笔龙行更擅时。

山人

山人作字似吟诗，捕快追亡就拙思；
正是豪情下酒处，偏偏笔底鬼来时。

无花

无花无酒亦无诗，静夜无云作梵思；
遥忆上方钟磬响，林泉皓月印初时。

人逢

人逢至境始为诗，矫矫难平块垒思；
韩子②送穷遭诘语，生知死逆活来时。

---

① 韩公：韩愈。
② 韩子：韩愈。

玉溪

玉溪杨柳挂寒诗，柳下斜阳照水思；
我与寒溪同入梦，醒来一笑是春时。

捧天

捧天一拜自来诗，半笔翻成千样思；
大雅壶中深似海，是开是合自由时。

题毛泽东主席生活照二首

2016-12-24

历览

历览前朝福与祸，总归人性破天罗；
扬眉一笑春风醒，掌上乾坤镇万魔。

自古

自古君恩在役民，谁能破此帝王城？
扬眉一笑春风醒，百姓翻天做主人。

拜黄庭坚墓[①]

2017-01-06

玉山顶上一声啼,唤我魂飞双井鸡;
老祖园中新对眼,晴光呛血坠云衣。

双井之灵

2017-01-07

一眼洞穿是千年,梦魂常游双井边;
祖公灵骨今犹壮,佩我山川起砚田。

咏黄庭坚

2017-01-07

我自奔突六十年,回身四顾错周旋;

[①] 黄庭坚墓:位于江西省修水县双井村。

抬眼莫望青天碧，空空如也钓鱼船。
平生所交二三子，不及书中古圣贤；
周边恶俗不可居，日日幻坐西山前。
忽闻空中响霹雳，老祖汲断双井泉；
修水倒流风浪止，万山飞红暗天颜。
我观老祖三藏事，蒂芥如山拔天连；
黔南道上风雨恶，屠儿村侧伴鼠眠。
宜州抱被逃城郭，雨漏长索绞命钱；
一声"病足不能拜"，万壑水立断呜咽。
我祖流芳已千古，终成才德始于苦；
贤哲眼中无怪事，荆棘林中藏大虎。

论黄庭坚文

2017-01-11

至性为文无俗趣，情思妙在通真处；
祖公赤砚吞蛮龙，化骨消皮和血吐。

黄庭坚草书初探二首

2017-01-13

拈来

拈来旭素①鸡,下公腹中卵;
古制翻新盘,今奇造绝版。
柔团万丈坚,聚引无方散;
放意安狂禅,天心月正满。

老夫

老夫着意自狂潮,妙手翻裁旭素刀。
借得神通开悟处,黄龙寺里点双眸②。

---

① 旭素:张旭、怀素。
② 黄龙寺:位于江西省修水县幕阜山,黄庭坚曾于此问道开悟,而其故地双井恰似黄龙之双目。

先父之望[1]

2017-01-15

先父怀中一抔土,热留双井千年古;
我来寻梦对心禅,祖去乘龙谁步武?
翠嶂环天拜月才,修江[2]斫地恋山骨;
沉沉觅觅转皈依,大境回身发激楚。

与黄庭坚对话三首

步其《松风阁》诗韵

2017-06-20 至 2017-06-22

壑松堂[3]观兴

堂高千仞俯燕川,堂内壑松架屋椽。
我吟"然则两皆然"[4],从道趋堂问千年。

---

[1] 先父于古代文人中最推崇黄庭坚。
[2] 修江:修水,河名。
[3] 壑松堂:黄君之堂号。此诗句句押韵,谓柏梁体。吾步作三首均舍去原诗末句不步。
[4] 然则两皆然:苏轼诗句。

坡公不语手划天,非圆非缺非月弦。

松风吹醒阁下泉,谷公[①]笔下聚古贤。

风骚两路开盛筵,玉管吹断北斗悬。

百鸟衔云落画毡,瑶琴初抚意潺湲。

归鹤翅留千峰妍,我架僧炉煮松馔。

清心一炷化紫烟,我歌一曲对流泉。

酒狂不邀贯耳前,七弦惊断六根眠。

梦中醒梦无鬼缠,何来笔下困龙挛?

附黄庭坚《松风阁》诗:

依山筑阁见平川,夜阑箕斗插屋椽。

我来名之意适然。

老松魁梧数百年,斧斤所赦今参天。

风鸣娲皇五十弦,洗耳不须菩萨泉。

嘉三二子甚好贤,力贫买酒醉此筵。

夜雨鸣廊到晓悬,相看不归卧僧毡。

泉枯石燥复潺湲,山川光辉为我妍。

野僧早饥不能馔,晓见寒溪有炊烟。

东坡道人已沈泉,张侯何时到眼前。

钓台惊涛可昼眠,怡亭看篆蛟龙缠。

安得此身脱拘挛,舟载诸友长周旋。

[①] 谷公:黄庭坚,号山谷。

申古堂之思

千峰斫尽见河川，千里一苇似屋橼。
北徂堂上心释然，证我洪波大有年，
我所思兮在南天。
锦瑟不思六十弦，申古堂开老明泉。[①]
禅定不思席上筵，一任更漏破晓悬。
收功不思野僧毡，六根不起断潺湲。
山光不挑眉峰妍，何用腪腹味草馐。
身外现身镜里烟，化我魔障自沉泉。
我诗无我待趋前，古堂老境开真眠。
龙蛇觉处谁可缠，心生月定气无挛。

双堂会彩

峰峦横卧辟小川，崖壁苍藓挂屋橼。
山光拂肘意杳然，古堂浮生看千年，
不怕拙情战荒天。
遥接北地动管弦，壑松堂上响明泉。

---

① "申古"句后漏一句未写，时过兴迁不补。

盟主①从流好才贤，落落五卷②开文筵。
欣从元祐双星③悬，修禊墨韵继松毡。
我心初发早潺湲，好从玉峰开秋妍。
酿成云霞作诗馔，气飞壑松挂老烟。
山谷老祖未沉泉，豫章山人④正当前。
山阴少侠⑤堂中眠，十翼⑥齐飞抱堂缠。
猛士升堂谁拘挛？

剑指无方

2017-06-23

年少轻狂到老求，何曾落魄下江流？
山川欲改青葱色，竹杖可裁翡翠楼。
万里云山都是客，半丝孤诣自封侯；
于今眉下拈花笑，剑指无方笑渡头。

---

① 盟主：指黄君。
② 五卷：《黄庭坚书法全集》五卷本，黄君主编。
③ 元祐双星：北宋元祐年间的苏轼、黄庭坚。
④ 豫章山人：黄君，号豫章山人。
⑤ 山阴少侠：网友名。
⑥ 十翼：网友名。

赠黄君宗亲[①]

2017-06-24

客里光阴寒意侵,风逃布谷唤蛩音;
青江剪影排云立,白虎巡山带雨吟。
住世因循非至道,逢时简妙可由心;
来年一炷香前事,可待撩须定于今?

漏　　妙

2017-06-27

蛟龙入笔泻银河,助我情思正上波;
收取千江月下网,妙从深处逮无多。

[①] 此诗步黄君《冬至》诗韵。

题画二首

2017-07-02

借得

借得大虫一声吼,知音原在林中走;
白发三千丈天外,半落青峰作刍狗。

渔父

渔父归何处,空悬一叶舟;
天边老绛色,醉卧山中秋。

一　阳

2018-01-01

一阳生纸上,墨彩发清漾;
不意破窗飞,频邀山色壮。

眉掌之望五首

2018-01-04 至 2018-01-07

唤早茶

老眼不藏浊世沙,独留清骨丈山崖;
眉间鸟下千峰秀,入掌山光唤早茶。

拜铁茶

抖落红尘处士家,揽云不怕上危崖;
粗才眉下卷松雨,掌上观音拜铁茶。

焙野茶

眉剪浮云掌上玩,浪随天性拍山崖;
松风十里围山吼,势裹真香焙野茶。

兴月茶

不耻蜗牛斗角枒,直将心胆捣云崖;
眉间碧落翻天掌,落我山家兴月茶。

下酒茶

雕鹗高飞不用槎,九天折断紫云崖;
会心眉下撩一掌,报于安神下酒茶。

自　　省

2018-01-27

毛毛雪上飘轻寒,敢遣柔花葬铁山;
扫秽空翻天地掌,诛心了问瘦肥颜。
浮生梦托牛升树,不死情飞月叩关;
可为一枝争活计,能持绝手对人寰?

百载忧悬

2018-02-16(正月初一)

国从前史看今身,风水谋篇势转轮;
霸业重开鞭地手,龙光普射斗天人。

魔飞美帝坚亡我,鬼啸扶桑①唤死春;
百载忧悬三尺剑,于今犹见泪痕新。

题　　画

2018-02-17

佝偻寻春难自持,身前步后错相知;
不知节序因缘起,愧对崖边一树诗。

画字之思

2018-03-13

写字不要好,挥挥即了了;
或问工与拙,莫若观荒草。
初心不可欺,求仁岂踞灶?
生性悖春时,纵意尚秋峤;
寄语大江横,狂来推山倒;
墨线走刀锋,虚光藏幽眇;

---

① 扶桑:日本别称。

我师古人迹，用意在心妙；
声闻千载鸡，作我下蛋鸟；
亡形形自彰，功深神自矫。
字脱山水胎，混沌不见窍；
走笔盘山来，山环水自绕；
层层推丘壑，磅礴漏精巧；
峰挑柴门宴，筵罢送庄老；
还山吐新月，抚云栖树杪；
梦枕一点奇，欣欣留早照。
谁是空山主？万物归缥缈；
纸上演阴阳，杳杳泯昏晓；
居此真人地，羡煞山阴道①。

大草吟十首

2018-03-15 至 2018-03-21

一狂放去

我遣直心结草趿，一狂放去万山安；
野云飞渡空天阔，不讨经函过祖关。

---

① 山阴道：代王羲之。

排山劫

直冲祖公①门上来,敲门信物待公裁;
谁知讨个排山劫,另起冈陵位鼎台。

试小雄

我作庙堂供祖公,塑身千丈乃从容;
颠狂②一笑开真面,托钵声中试小雄。

偏锋一道

颠张狂素怪山谷,大草高标三鼎足;
除却三公我问谁?偏锋一道向平复③。

毛公④一笔

毛公一笔走千里,诡挑云飞掀霹雳;
下及清凉老子园,乾坤掌下翻双极。

---

① 祖公:黄庭坚。
② 颠狂:指张旭、怀素。张旭号张颠,怀素号狂素。
③ 平复:指《平复帖》。
④ 毛公:毛泽东主席。

散翁拈狂

铎渭散①翁写大草,小脚跟狂好缭绕;
散翁但见墨法雄,藉此拈狂古无有。

浮云奔突处

嗷嗷笔下战凡身,墨象频呼心象真;
静夜浮云奔突处,清光自在月安魂。

拟个秋光

一笔崩开天地身,何愁夏水不吞云;
山川浩落星辰远,拟个秋光种大春。

连环套里

草象形藏物外身,无方散落八荒云;
可惜时人多病手,连环套里画江春。

---

① 铎渭散:指王铎、徐渭、林散之。

草兮狂主

纳万里飘风，会金刚拙趣；

得祖公机心，度吾之初步；

挽东洲小鹗①，并山鬼射浦；

网千江月色，发激楚将舞；

幸辟执失牛，困关山擒虎；

正魂兮归来，作草兮狂主。

篆吟七首

<small>2018-04-16 至 2018-04-31</small>

执此三篇

大盂伟岸通甲骨②，散盘③草性势如虎；

毛公④温雅类尚书，执此三篇可立主。

---

① 东洲：何绍基，号东洲。何无大草，但可从其中获大草笔意，故谓"小鹗"。
② 大盂：大盂鼎铭文。甲骨：甲骨文。
③ 散盘：散氏盘铭文。
④ 毛公：毛公鼎铭文。

三代①古

绎地抽天三代古,原初性力擒龙虎;
中通人事散阴阳,发之精魂止石鼓②。

小篆

粉面苗条小篆姿,千年堕落始冰斯③;
世人不识篆真面,错找庙堂拜大师。

论宾翁④篆 (其一)

秦降流风悖大古,长天落寞篆魂苦;
两千年后宾翁出,始接商周发正乳。

论宾翁篆 (其二)

邓⑤执斯冰发蒙童,缶⑥追石鼓推小雄;
宾翁直截三代古,韵里天机漏真容。

---

① 三代:商、西周、东周。
② 石鼓:石鼓文,东周石刻篆书。篆之精魂自商发端,到东周石鼓文已展露罄尽。据此,石鼓文以下无篆书。
③ 冰斯:李阳冰、李斯。
④ 宾翁:即黄宾虹。
⑤ 邓:邓石如。
⑥ 缶:吴昌硕,别号老缶。

我写篆书

我写篆书如写草,商周古意翻新稿;
蛮心只合偏锋裁,裁得此心书自老。

篆之原点

走篆不辞险远,渐次回归原点;
原来其新其奇,全仗其正其简。

隶吟六首

2018-05-13 至 2018-05-15

隶之大境

隶接商周取篆魂,开通①铁壁吐苍藤;
霍老②连山鞭卧马,泥头楚简拜巫人。
执此四端开生意,存心一处锁命门;
秋山伴我参寥廓,南国风烟势转轮。

---

① 开通:指《开通褒斜道石刻》。
② 霍老:即霍去病。其墓地仿祁连山构筑,置卧马等石雕。

古隶

古隶多生意,犹留三代思;
原初鞭地力,随性化天枝。
道问褒斜谷,玄参简帛①机;
庙堂一点雅,留待晚风垂。

庙堂不见汉真碑

苍浑野厚绵中摧,拙里横斜纵意飞;
一脚踹开通妙处,庙堂不见汉真碑。

汉隶

汉隶之真魂,雄阔飞天趣;
商周遗内核,西汉定风骨;
上寿列群臣②,直接篆之乳;
将军葬乐陵③,斜出见方朴;
莱子守戒石④,挺括通莽古。
东汉继真雄,大境埋山谷;

---

① 简帛:指简帛。
② "群臣"句:指《群臣上寿石刻》。
③ "将军"句:指《霍巨孟石刻》。
④ "莱子"句:指《莱子侯石刻》。

开通网铁壁①，抻天扩地府；
野逸颂石门②，寸劲招鹤舞；
庄严坐西狭③，厚气团广宇；
黄羊镇滇南④，抗北分庭主；
旁及简帛书，风趣调清著。
庙碑无大用，其形类八股；
小处可通妙，大象失真所。
时人好作隶，常以此情度；
不谋顶上功，描摹画死兔；
蚕头牵雁尾，津津事排铺；
或作小巧姿，嚼人牙中腐；
抑或弄新奇，根基乏厚土。
我心作我隶，法亡用意补；
细线闲中飞，拙中翻机杼。
开篇寄中情，故地发激楚；
江声可断岸，浩荡谁将与？

---

① "开通"句：指《开通褒斜道石刻》。
② "野逸"句：指《石门颂石刻》。
③ "庄严"句：指《西狭颂石刻》。
④ "黄羊"句：指《孟孝琚石刻》。

一念

五体本归一，表象生偏见；
困死木头人，斤斤抠字界。
我入褒斜谷，直截山水面；
厉清揽八荒，作我商周奠；
汉武摧战马，连山飞令箭；
石上翻孟文[①]，笔下开心鉴；
一念化千手，天女散花霰。

霸之

拙通心之府，线作外构架；
巧上生拙香，因机发风雅；
为艺在闲闲，真性无高下；
放之参寥廓，光生揭霜瓦；
大朴入洪荒，弯弓摧战马；
促之碎山隅，展之戡大野；
戡之情郁郁，江声下秋夜；
但听声回环，訇然崩山胯；
彪风飞座前，匹马呼座驾；

---

① 孟文：指《石门颂石刻》，又称《杨孟文石刻》。

中道射边月，光影独我霸；
霸之无所思，花开任花谢。

论某公书法

2018-06-10

巧取唐装画晋皮，三分笔性逗人迷；
俗从乡愿①难刺血，貌似天工羞问霓。
坐井画天谁是范？胡同取法也称奇；
功成名下启来者，耕坏田畴使坏犁。

写战国楚简

2018-06-10

简牍毫端注楚魂，蒙庄曳尾②探江春；
巫咸降夕聊新语，山鬼折芳遗故人。③

---

① 乡愿：以伪善面目而欺世盗名者，孔子谓"乡愿，德之贼也"。
② 蒙庄曳尾："龟曳尾"寓言，出自《庄子·秋水》。
③ "巫咸"二句：从《楚辞》中化出。

文并风骚①裁一象,字分秦楚转双轮;
家山赐我江流阔,笔下行船放野云。

书　变

2018-06-25

晚启朝暾散早霞,岂容老树绕昏鸦?
一苇渐变航天海,三岛初升傍寿崖。
且教仙人降碧落,还从纸素焠芳华;
笔头古意流新乳,清刚肃肃自横斜。

举家于金鸡岭河谷泛排

2018-10-06

秋水逃凡尘,泠泠映天阁;
无意寻仙子,光影掩山郭;
拄杖摇山光,鸿影飘自弱。

---

① 风骚:风与骚乃两种文学式样。风以《诗经》为代表,骚以《楚辞》为代表,一现实,一浪漫。

隔世观水云，前生似见我；
小鱼吐莲花，围杖话因果；
顾影两相忘，泅泅泯心火；
世事多浇薄，天伦自安妥。

玉影双封[①]

2018-10-17

碎杯声下落朱黄，犹似妄心当下息[②]；
玉影双封消外道，清光一撮空内壁。
桂花香似天花坠，书菀声从鹿菀[③]寂；
大愿方从时下醒，闲摇笔线唱秋笛。

[①] 东至一中校园内桂花一月两度开放，故吟此。一中乃办学理想之地，吾曾为其大门作联曰："造化环中，为圣功着意，遂拔玉峰合彩，浦水联珠；放畅学苑楼头，时时观妙参画本。陶公故里，自孔庙开图，当随梅叟兴云，周公唤雨；追思状元桥下，夜夜行潮震龙轩。"吾县之东流镇乃晋时彭泽县属地，故谓"陶公故里"，取其广义。

[②] "碎杯"二句：联想虚云和尚悟道事。

[③] 鹿菀：释迦牟尼讲法处，喻清净境界。

秋思五首

2018-10-24 至 2018-10-26

水杉

水杉丛里觅秋诗,一叶蝉鸣早去思;
但见红彤归逝水,刺天宝剑现身迟。

圆融镜里

一叶蝉鸣嚼烂诗,古今牙缝垒秋思;
圆融镜里秋光老,得此真香我不迟。

归元寺①

归元寺下觅秋诗,坐入流泉发妙思;
忽听上方钟磬响,晚风吹月射林迟。

---

① 归元寺:即朝霞洞寺,在东至县城附近。

秋鹰

自古苍雄不恋诗，游天只合霸王思；
刘公①一鹤可休矣，换取秋鹰不与迟。

古墙深巷②

采菊东篱不见诗，古墙深巷转秋思；
绿苔影接长天雨，莫道霜风驻脚迟。

悼娜娜之母

2018-10-31

人生如秋叶，一夕风吹散；
怆怆奈若何，相期邈云汉。
云汉无所思，不仁是礼赞；
生死互为根，击盆去三叹。

---

① 刘公：刘禹锡，有《秋词》诗。
② 此诗吟东至县东流古镇，此处有陶公祠。

人

2018-11-03

人是什么？如影过壁；
来只么来，去去无迹；
死不生威，生不死逼；
月融空天，相事明晰；
如佛按指，当下尘息。
至人无忧，凡夫亟亟；
日出雾起，夏开冰涤；
恶死生情，虞渊吹笛；
七步之灾，自煎何急。
我心不贼，空作霹雳；
灵智常满，春秋自揖；
大生无功，朝不问夕。

写米芾行书

2018-11-06

米颠我更颠,拙笔甩长鞭;
一鞭定雅俗,留享供座前;
骨肉不可食,唯气一点鲜;
吸气嘘苍溟,笔下涌山川;
荒荒卷六合,掩之归心源。
我心常坚固,坐凡不违天;
克己可尽物,功深不违年;
偶来米上乐,畅意放云船。

夫人新辟菜圃

2018-11-06

青青四行,欣欣临窗;
夜承雨露,日吻朝阳。

左右采之,兴我甘棠①;
日日食之,养我胃囊;
康且永矣,不可思方。

方在无方

2018-01-06

山之重兮取其轻,铁之硬兮取其柔;
天之疏兮取其密,方在无方性里游。

写《石门颂》四首

2018-11-12 至 2018-11-15

独取石门头

斧笔壮心游,隶山砍大秋;
长峰百十座,独取石门头。

---

① 甘棠:出自《诗经·甘棠》。

推心源

或谓厚清奇，我谓野拙变；
六道推心源，频开山水卷。
笔下大风扬[1]，云山磨铁砚；
明者自当明，不明隔山转。

我心造我

石门之构，巧多于拙；
小境丛生，大境虚脱；
频生媚眼，暗中撩拨；
不及开通，正大开阔；
开通有亏，至境难夺；
不如从心，任性奔脱。
我心如渊，蜷真开物；
我心如炉，消祖灭佛；
我心如潮，推山填壑；
我心莽莽，天交地割；
我心造我，庶几可活。

---

[1] 大风扬：关刘邦《大风歌》诗。

重装再造

金刚杵下一团泥，不见原来骨肉皮；
安个吾心作主宰，重装再造厚清奇。

写《西狭颂》八首

2018-11-16 至 2018-11-21

独眼无尊

老聃笑我走西狭，独眼无尊牵篆牛；
古厚丛中发林莽，方雄道上思雨柔。
横斜颠倒鬼戡正，奔突往还神主留；
关吏回眸不看我，横眉一往上西楼。

不师迹

我临西狭不师迹，倒取诸身破铁壁；
弓斧三千藏绝地，神机一往飞鸣镝。
帖身有道通心窍，圆性无方转日夕；
可笑时人多好事，死方强按活人吃。

劈头粉碎

提杖走西狭,只身取独龙;
独龙不可见,先取万壑松;
原来万壑性,本与我心同。
我观壁上字,近似痴冻虫;
只字走方正,谋篇算子工;
天成难尽性,何处见真雄?
我拜天苍苍,启杖看从容;
劈头粉碎去,杖落开鸿蒙;
天女飘飘下,为我撞山钟。

回望天井山[①]

拙意推人忙,速速追亡逋;
笔上天井头,风摇山根舞;
高峰坠雷石,去势不可阻;
坠坠何所似?江流下强橹;
跳荡三千丈,万壑开刀斧;
刮尽千峰翠,引为一江煮;
逸兴揽排云,诗魂射川树;

---

① 天井山:《西狭颂》之刊地。

岸柳追风樯，长歌发激楚；
回望天井山，云封不知处。

化生看雕鹗

拙意兜天风，正遇天井口；
风摧山石裂，奔突聚腕肘；
大小随意合，狂怪裹笔走；
巨兽翻方阔，边刀通神手；
钢出柔上花，斜逼正声吼；
顾盼生电激，气动暗江柳；
九拙一巧处，变化如苍狗。
谁识此中拙？化生看雕鹗；
出入天地间，守中自橐籥；
何来腐鼠恋？大魂有寄托。

画头陀

画个头陀不入眼，时人见此凋朱颜；
丑形原是真情物，供我凡生一段鲜。

平藏大海

我取黄龙①通变用，洪波几度试新功；
知天用寂流风去，始见平藏大海雄。

开流五道②

积水久生威，西将破狭来；
开流五道阔，道道翻心裁。

观　云

2018-01-24

不通世上事，只作云山游；
若问云山事，长生坠死头。

---

① 黄龙：指《西狭颂石刻》，又称《黄龙石刻》。
② 五道：代指书法五体。

真　身

2018-11-25

雨入深秋滴露台，云山不上碧天裁；
心头玉垒堆千座，哪个真身幻化来？

真身脚下

2018-11-25

孤峰缓上势嶙峋，捉月披霜日转轮；
到顶平开风路险，真身脚下挂松云。

云山无所托

2018-11-26

一点悬空响，金针动日容；
云山无所托，帝子下天风。

自嘲

2018-11-26

耕烟泼墨种瑶草，笔下仙人空了了；
作意难开大化身，天人不遇两头恼。

早入风波

2018-11-28

笔走风樯射日眸，玉山拢翠注江流；
飞飞不见推移力，早入风波下海牛。

万里归巢

2018-11-28

千载归来证宿身，烂柯不语对新人；
早年一梦风飘过，万里归巢始见真。

不死游魂

2018-12-01

一正缘因九曲来,还从恶道反身裁;
九天月下空茫处,不死游魂恋鬼才。

千叶衔花

2018-12-01

莫问秋空有几层,铁山研玉转真身;
文章已合天才老,千叶衔花葬旧魂。

清明·悼先父[①]

2019-04-05

风动灵旗化雨声，春归久作碎心根；
孩儿一跪长难起，说与青山挂泪痕。

2020年7月1日补记：自2020年（庚子）始，吾"诚"字派一支从杨林埔上移出，另立派行，顺天命以告慰先父，作诗为记。《寿山黄》：文教开图倚正声，宗风固本自安魂；杨林不是发心地，移取寿山立后昆。

与李白对话十七首

步其《秋浦歌十七首》韵

2019-04-06 至 2019-04-22

浦上行大秋

浦上行大秋，何处见人愁？
水底一片月，倒挂大江楼；

[①] 天底下真知我者，唯有先父。

寂寂生渊古，抱梦锁云流。

　　对镜阻行人，春山嗔侬不？

　　山外一点约，梦醒到扬州。

附李白《秋浦歌》之一：

　　秋浦长似秋，萧条使人愁。

　　客愁不可度，行上东大楼。

　　正西望长安，下见江水流。

　　寄言向江水，汝意忆侬不。

　　遥传一掬泪，为我达扬州。

临水不见愁

　　临水不见愁，初心发渡头；

　　一苇飞缥缈，翻作白云流。

　　回望青峰合，秋光老壮游；

　　撷此天成色，伴我下孤舟。

附李白《秋浦歌》之二：

　　秋浦猿夜愁，黄山堪白头。

　　清溪非陇水，翻作断肠流。

　　欲去不得去，薄游成久游。

　　何年是归日，雨泪下孤舟。

转思九头凤①

为见锦驼鸟,坐忘白云稀;
转思九头凤,清溪落锦衣。

附李白《秋浦歌》之三:

秋浦锦驼鸟,人间天上稀。
山鸡羞渌水,不敢照毛衣。

齐山多晦色

危楼拥浊浦,天工节节衰;
齐山多晦色,气韵如游丝。

附李白《秋浦歌》之四:

两鬓入秋浦,一朝飒已衰。
猿声催白发,长短尽成丝。

我来无所用

秋浦死白猿,何来飞白雪?
我来无所用,闲步杖山月。

附李白《秋浦歌》之五:

秋浦多白猿,超腾若飞雪。

---

① 九头凤:楚地人崇拜的图腾。

牵引条上儿，饮弄水中月。

归山捉猛虎

浦上送知客，舟推锦上花；
归山捉猛虎，梦枕浪淘沙。

附李白《秋浦歌》之六：

愁作秋浦客，强看秋浦花。
山川如剡县，风日似长沙。

酒换黄公裘①

老拙驴当马，颠颠胜浦牛；
杏花遥引处，酒换黄公裘。

附李白《秋浦歌》之七：

醉上山公马，寒歌宁戚牛。
空吟白石烂，泪满黑貂裘。

寒潭惊倒影

风过水车岭，山高坠石奇；
寒潭惊倒影，不敢拂松枝。

附李白《秋浦歌》之八：

---

① 今贵池（古为秋浦）产黄公酒。

秋浦千重岭，水车岭最奇。
天倾欲堕石，水拂寄生枝。

诗书两不应

江祖多情石，倚天错插屏；
诗书两不应，只合涧边生。

附李白《秋浦歌》之九：
　　江祖一片石，青天扫画屏。
　　题诗留万古，绿字锦苔生。

岳公不拔剑[①]

鸟鱼逃浊浦，大厦广为林；
遍地钱生香，谁从李杜吟？
岳公不拔剑，遗爱可安心？

附李白《秋浦歌》之十：
　　千千石楠树，万万女贞林。
　　山山白鹭满，涧涧白猿吟。
　　君莫向秋浦，猿声碎客心。

[①] 贵池齐山之岳飞雕像，作剑入鞘状。

传呼文字饮

祖石①平天阔,安台置柏梁;
传呼文字饮,日月散幽香。

附李白《秋浦歌》之十一:

逻人横鸟道,江祖出鱼梁。
水急客舟疾,山花拂面香。

欲捞天上月②

水如一匹练,此地即平天③;
耐可乘明月,看花上酒船。
我至无花事,平天醉酒泉;
欲捞天上月,错下水晶帘。

错等白云归

浦水浸团月,沉沉不见飞;
东方红日起,错等白云归。

附李白《秋浦歌》之十三:

---

① 祖石:江祖石。
② 此诗前四句出自李白《秋浦歌》之十二,后四句吾续之,未步其韵,属别格。
③ 平天:即平天湖。

渌水净素月，月明白鹭飞。

郎听采菱女，一道夜歌归。

乌渡湖山好①

长鞭可缩地，呼气即云烟；

乌渡湖山好，移来并辋川②。

附李白《秋浦歌》之十四：

炉火照天地，红星乱紫烟。

赧郎明月夜，歌曲动寒川。

玉镜潭③千丈

玉镜潭千丈，欣欣光影长；

绵绵一线暖，布地祛寒霜。

附李白《秋浦歌》之十五：

白发三千丈，缘愁似个长。

不知明镜里，何处得秋霜。

愚人枣面翁

愚人枣面翁，罢钓中岩宿；

石上凿濠梁，周边植绿竹。

---

① 乌渡湖：地处贵池。
② 辋川：王维居地。
③ 玉镜潭：贵池古景点。

附李白《秋浦歌》之十六：

  秋浦田舍翁，采鱼水中宿。

  妻子张白鹇，结罝映深竹。

十三了歌①

  桃陂了无地，了了谁见闻？

  遍地了了僧，无僧了白云。

  秋浦歌暂了，谁见了了真？

  不如了了睡，梦寄了了魂。

附李白《秋浦歌》之十七：

  桃陂一步地，了了语声闻。

  黯与山僧别，低头礼白云。

与杜甫对话八首

2019-04-22 至 2019-04-30

用海底串珠格步杜甫《秋兴八首》。

吾自创海底串珠格，即步诗每句尾字均与原诗同，而步其韵便自在其中了。第一首系早年作，仅步其韵，后七首均按此

---

① 此诗又是一别格。前四句步李白韵，后四句吾续之。

格吟之。抱一山人于梅公亭畔。2020年3月

秋鹤

秋鹤晴空上云林，古城何处见萧森？
山罗翠障环天涌，鸟戏斜阳背夕阴。
岁月不惊离散泪，烟波岂负钓垂心？
一声鹤啸冲千里，历历清江唱晚砧。

附杜甫《秋兴八首》之一：

玉露凋伤枫树林，巫山巫峡气萧森。
江间波浪兼天涌，塞上风云接地阴。
丛菊两开他日泪，孤舟一系故园心。
寒衣处处催刀尺，白帝城高急暮砧。

雄心一搏

古城秋气自天斜，扑向潼关阻太华；
镜水妆成谁欠泪？碧天鸟技岂乘槎？
金戈入梦马安枕，蔡女①翻情笔代笳；
绚烂前山过晓月，雄心一搏颂千花。

附杜甫《秋兴八首》之二：

夔府孤城落日斜，每依北斗望京华。

---

① 蔡女：蔡文姬，有《胡笳十八拍》诗。

听猿实下三声泪,奉使虚随八月槎。

画省香炉违伏枕,山楼粉堞隐悲笳。

请看石上藤萝月,已映洲前芦荻花。

秋光一瞥

秋光一瞥胜春晖,天女拨帘下翠微;
百彩沉山因水泛,五金带甲破城飞。
秋声赋①诉君情薄,茅屋风②添貂意违;
忧乐关情身不贱,直将心合秋山肥。

附杜甫《秋兴八首》之三:

千家山郭静朝晖,日日江楼坐翠微。
信宿渔人还泛泛,清秋燕子故飞飞。
匡衡抗疏功名薄,刘向传经心事违。
同学少年多不贱,五陵裘马自轻肥。

天道役秋

惯听"长安似弈棋",陈言不去韩公③悲;
观心妙净古今主,得境无分左右时。

---

① 秋声赋:指《秋声赋》,欧阳修文。
② 茅屋风:指《茅屋为秋风所破歌》,杜甫诗。
③ 韩公:韩愈。其《与李翊书》云:"惟陈言之务去,戛戛乎其难哉!"

金鼓座收银鼓振,南山放马北山驰;

人心反复终趋冷,天道役秋无所思。

附杜甫《秋兴八首》之四:

闻道长安似弈棋,百年世事不胜悲。

王侯第宅皆新主,文武衣冠异昔时。

直北关山金鼓振,征西车马羽书驰。

鱼龙寂寞秋江冷,故国平居有所思。

一撮光天

沧江秋卧对南山,拙意频生画事间;

境老从天开地母,神留借笔斗荆关[①]。

寒林无意垂秋扇,白水亡心老素颜;

一撮光天惊岁晚,桨声摇落五云班[②]。

附杜甫《秋兴八首》之五:

蓬莱宫阙对南山,承露金茎霄汉间。

西望瑶池降王母,东来紫气满函关。

云移雉尾开宫扇,日绕龙鳞识圣颜。

一卧沧江惊岁晚,几回青琐点朝班。

[①] 荆关:指荆浩、关仝。
[②] 五云班:喻五体书法。

也拟曲江

不遣春花上笔头，且将拙意揽金秋；
天生傲骨自团气，地负高荒不是愁。
落木安禅亲老鹄，平沙对影逗闲鸥；
山人忧国无他地，也拟曲江流九州。

附杜甫《秋兴八首》之六：

瞿塘峡口曲江头，万里风烟接素秋。
花萼夹城通御气，芙蓉小苑入边愁。
珠帘绣柱围黄鹄，锦缆牙墙起白鸥。
回首可怜歌舞地，秦中自古帝王州。

真雄报国

士好虚荣恋圣功，忧乐悬嘴挂文中；
趋朝易解通灵月，在野难调解愠风。
两境诠心分白黑，一炉锻火看蓝红；
真雄报国无间道，济世烟波死钓翁。

附杜甫《秋兴八首》之七：

昆明池水汉时功，武帝旌旗在眼中。
织女机丝虚夜月，石鲸鳞甲动秋风。
波漂菰米沉云黑，露冷莲房坠粉红。
关塞极天惟鸟道，江湖满地一渔翁。

另遣情风

秋兴八篇①看逶迤，顶头难灌醍醐陂②；

初心早许舍身粒，至性无缘择圣枝。

秋水去潮不可问，古堂③衔月自由移；

另遣情风摄万象，微波翠涌正低垂。

附杜甫《秋兴八首》之八：

> 昆吾御宿自逶迤，紫阁峰阴入渼陂。
>
> 香稻啄余鹦鹉粒，碧梧栖老凤凰枝。
>
> 佳人拾翠春相问，仙侣同舟晚更移。
>
> 彩笔昔曾干气象，白头吟望苦低垂。

与王维对话三十六首

步其《近体诗三十九首》韵

2019-05-02 至 2019-05-28

王维《近体诗三十九首》，其中三首非其所作，吾取其三十六首步之。

---

① 秋兴八篇：指杜甫《秋兴八首》诗。
② 醍醐陂：喻至性之水。
③ 古堂：申古堂，吾之堂号。

诗书

诗书一并裁,不与春花开;

自作秋山宴,还拈素水来。

三人能对影,五柳①可知回?

我梦千山醉,衔之作酒杯。

附王维《奉和圣制赐史供奉曲江宴应制》诗:

侍从有邹枚,琼筵就水开。

言陪柏梁宴,新下建章来。

对酒山河满,移舟草树回。

天文同丽日,驻景惜行杯。

梅公②

梅公降浦水③,宰县四年过;

民朴讼风少,府廉罗雀多。

残碑④揆胜业,遗响赞文珂;

---

① 五柳:陶渊明,号五柳先生。
② 梅公:梅尧臣,曾宰建德县四年。
③ 浦水:吾地属秋浦河流域,民国期间为秋浦县。
④ 残碑:梅公亭碑。王人鹏任秋浦县县长期间,重建梅公亭,为亭亲撰楹联"一亭缥缈归秋浦,两岸波涛送晚潮",并立此碑。

天道不欺我，怒开击壤歌[①]。

附王维《从歧王过杨氏别业应教》：

　　　　杨子谈经所，淮王载酒过。
　　　　兴阑啼鸟换，坐久落花多。
　　　　径转回银烛，林开散玉珂。
　　　　严城时未启，前路拥笙歌。

楚狂

　　寒山下楚狂，酒酣正开张；
　　红晃涧花色，翠颠水影光。
　　望天头碍眼，丈石[②]日生凉；
　　一觉千峰合，踏歌引梦长。

附王维《从歧王夜宴卫家山池应教》：

　　　　座客香貂满，宫娃绮幔张。
　　　　涧花轻粉色，山月少灯光。
　　　　积翠纱窗暗，飞泉绣户凉。
　　　　还将歌舞出，归路莫愁长。

---

　　① 1995年5月25日清晨，梅城河从吾居处决堤，洪水将梅公亭碑以及文庙碑、学官碑从地下冲出。
　　② 丈石：石上眠之意。

半偈[①]

古堂坐老迂,展纸事袪除;
笔净观心止,功推造意余。
万缘归一窟,半偈受全书;
藉此驱穷物,灵根植太虚。

附王维《和尹谏议史馆山池》:

云馆接天居,霓裳侍玉除。
春池百子外,芳树万年余。
洞有仙人箓,山藏太史书。
君恩深汉帝,且莫上空虚。

纸上

纸上纵丘壑,巡山备马过;
只因玩月久,乃至拿云多。
翻袖飞甘露,升天入绛河[②];
乘流瞰下界,小境莫鸣珂。

---

① 半偈:出自释迦牟尼半偈舍身之典。释求法,罗刹鬼受其偈中前两句(半偈),释继舍身求后两句,遂得全偈。全偈为:"诸行无常,是生灭法。生灭灭已,寂灭为乐。"
② 绛河:天河。

附王维《同崔员外秋宵寓直》诗：
>
> 建礼高秋夜，承明候晓过。
>
> 九门寒漏彻，万井曙钟多。
>
> 月迥藏珠斗，云消出绛河。
>
> 更惭衰朽质，南陌共鸣珂。

推窗吟

拙夫拜楚狂，申古开明堂；
醴水临君杖①，梧枝引凤凰。
毫端戡俗与，字里问天香；
笔线摧长日，推窗吟短章。

附王维《奉和杨驸马六郎秋夜即事》诗：
>
> 高楼月似霜，秋夜郁金堂。
>
> 对坐弹卢女，同看舞凤凰。
>
> 少儿多送酒，小玉更焚香。
>
> 结束平阳骑，明朝入建章。

素问

京华逃矫客，子夜恋荒村；
素问从一窟，道栖不二门。

---

① "醴水"句：借用唐太宗于九成宫附近发现醴泉之事。

或当坐谷口,炼火丈西原;

背负巴东地,三声品夜猿①。

附王维《酬虞部苏员外过蓝田别业不见留之作》诗:

贫居依谷口,乔木带荒村。

石路枉回驾,山家谁候门?

渔舟胶冻浦,猎火烧寒原。

唯有白云外,疏钟闻夜猿。

野乐谱

我好诗书画,制琴一并弹;

自调野乐谱,堪比列仙官②。

指上藏云暖,宫声下暮寒;

遥推山外处,春色上林端。

附王维《酬比部杨员外暮宿琴台朝跻书阁率尔见赠之作》诗:

旧简拂尘看,鸣琴候月弹。

桃源迷汉姓,松树有秦官。

空谷归人少,青山背日寒。

羡君栖隐处,遥望白云端。

---

① "背负"句:出自郦道元《水经注》。文中有"巴东三峡巫峡长,猿鸣三声泪沾裳"句。

② 列仙官:此处指乐仙中琴技最高者。

小庵岭①

小庵岭上云,霜阻雁行稀;
水落千重翠,风裁百衲衣。
抬肩掂野果,抵树觅荆扉;
竹杖敲空寂,谁人可与归?

附王维《酬严少尹徐舍人见过不遇》诗:

公门暇日少,穷巷故人稀。
偶值乘篮舆,非关避白衣。
不知炊黍谷,谁解扫荆扉?
君但倾茶碗,无妨骑马归。

邀松

千秋邈矣我,无事自吟诗;
摇笔耕荒识,敛眉鉴旧知。
春风不度拙,秋气自成炊;
置酒愚人谷,邀松漫解颐。

附王维《慕容承携素馔见过》诗:

纱帽乌皮几,闲居懒赋诗。
门看五柳识,年算六身知。

---

① 小庵岭:即小庵里,在东至县城附近。

灵寿君王赐,雕胡弟子炊。

　　空劳酒食馔,持底解人颐。

清光景

　　达人坐水穷,自许斫山公[①];

　　断壑抽长剑,倚松馈短僮。

　　小儿来斗北,解月挂林东;

　　受此清光景,谁思烟雨蒙?

附王维《酬慕容上》诗:

　　行行西陌返,驻憾问车公。

　　挟毂双官骑,应门五尺僮。

　　老年如塞北,强起离墙东。

　　为报壶丘子,来人道姓蒙。

无所顾

　　行行无所顾,直取古人心;

　　向善非关佛,居枝不避林。

　　梅公亭畔月,拨我虎头琴;

　　造意翻尧水,湮湮识浅深。

附王维《酬张少府》诗:

---

① 斫山公:吾之自号。

晚年唯好静，万事不关心。
自顾无长策，空知返旧林。
松风吹解带，山月照弹琴。
君问穷通理，渔歌入浦深。

五灵归

我驾白云来，不思白云衣；
挥之如敝屣，所恋在荆扉。
老树盘檐影，新阳漏室晖；
晴空下碧落，犹似五灵归。

附王维《喜祖三至留宿》诗：

门前洛阳客，下马拂征衣。
不枉故人驾，平生多掩扉。
行人返深巷，积雪带余晖。
早岁同袍者，高车何处归？

禅林

落日熔山海，庄严百炼金；
声闻风月笛，念起莲花心。
执境焉乎净？流晖莫可簪；
闲光老世界，处处是禅林。

附王维《酬贺四赠葛巾之作》诗：

野巾传惠好，兹贶重兼金。

嘉此幽栖物，能齐隐吏心。

早朝方暂挂，晚沐复来簪。

坐觉嚣尘远，思君共入林。

解言

投诗以会友，难入众家门；

举世无行侣，回身思父恩。

且将凉与热，长付竹中园；

受此安魂地，青天解降言。

附王维《寄荆州张丞相》诗：

所思竟何在？怅望深荆门。

举世无相识，终身思旧恩。

方将与农圃，艺植老丘园。

目尽南飞雁，何由寄一言。

新怪

笔团千万壑，墨幻水潺湲；

近水无边岸，远山听暮蝉。

芭蕉并雪绿，秋月下春烟；

　　　　鲁叟对新怪，双珠①凸案前。

附王维《辋川闲居赠裴秀才迪》诗：
　　　　寒山转苍翠，秋水日潺湲。
　　　　倚杖柴门外，临风听暮蝉。
　　　　渡头余落日，墟里上孤烟。
　　　　复值接舆醉，狂歌五柳前。

文之境

　　　　梅公行道处，至素调真颜；
　　　　绝响飞明鏨，琼思化鲁山②。
　　　　雪作秋光恋，春司冻日闲；
　　　　行文走大境，供与月收关。

附王维《冬晚对雪忆胡居士家》诗：
　　　　寒更传晓箭，清镜览衰颜。
　　　　隔牖风惊竹，开门雪满山。
　　　　洒空深巷静，积素广庭闲。
　　　　借问袁安舍，翛然尚闭关。

绛花幻水流

　　　　夏云翻股掌，呵雨便成秋；

---

① 双珠：即双眼。
② 鲁山：出自梅尧臣《鲁山山行》诗。

熊觅树无影，鹿空溪断流。

巡天参老鹤，得月下轻舟；

款缓移山色，绛花幻水留。

附王维《山居秋暝》诗：

空山新雨后，天气晚来秋。

明月松间照，清泉石上流。

竹喧归浣女，莲动下渔舟。

随意春芳歇，王孙自可留。

老夫迟不怕

久坐山公宅，苔花尽日闲；

孤云随树隐，鸶鸟向岩还。

细雨穿香洞，落霞战晚山；

老夫迟不怕，挂月斫东关。

附王维《归嵩山作》诗：

清川带长薄，车马去闲闲。

流水如有意，暮禽相与还。

荒城临古渡，落日满秋山。

迢递嵩高下，归来且闭关。

顾托

山野多寒色,霜空红叶稀;

水枯泉脉劲,风定日环归。

偶向白云隐,且从江水飞;

飞飞有顾托,圣意合荆扉。

附王维《归辋川作》诗:

谷口疏钟动,渔樵稍欲稀。

悠然远山暮,独向白云归。

菱蔓弱难定,杨花轻易飞。

东皋春草色,惆怅掩柴扉。

艺坛怪相

艺坛多怪相,正入几人曾?

门倚山头立,钱开科第登。

名堂遍李鬼,沃土死青藤[①];

马屁讨牙屑,食之百事能。

附王维《韦给事山居》诗:

幽寻得此地,讵有一人曾。

大壑随阶转,群山入户登。

---

① 青藤:徐渭,号青藤老人。此处代指艺术。

庖厨出深竹，印绶隔垂藤。
即事辞轩冕，谁云病未能？

文人腐相

下笔好思悲，长歌怨落晖；
何妨五鬼出，总教三毛稀。
过往无生路，趋今作嫁衣；
文人多腐相，悖道莫知归。

附王维《山居即事》诗：

寂寞掩柴扉，苍茫对落晖。
鹤巢松树遍，人访荜门稀。
绿竹含新粉，红莲落故衣。
渡头烟火起，处处采菱归。

谁敢做顽夫

久望分襟苦，势当收海隅[①]；
活离史上有，死独中华无。
天示五星出，世惊大国殊；
毛公[②]遗志在，谁敢做顽夫？

---

① 海隅：指台湾。
② 毛公：指毛泽东主席。

附王维《终南山》诗：

> 太乙近天都，连山接海隅。
> 白云回望合，青霭入看无。
> 分野中峰变，阴晴众壑殊。
> 欲投人处宿，隔水问樵夫。

青霭唤吾园

正性常亲我，欣欣出入门；
日寻五柳迹，夜访三家村①。
放鹤向云排，推山逐浪翻；
登高聊寄兴，青霭唤吾园。

附王维《辋川闲居》诗：

> 一从归白社，不复到青门。
> 时倚檐前树，远看原上村。
> 青菰临水拔，白鸟向山翻。
> 寂寞於陵子，桔槔方灌园。

天功

於老②喜寒乎？炎天着敞袍；

---

① 三家村：偏僻之地。亦可作三家村夜话之想。
② 於老：指於陵仲子。

果圆前报李，因苦后投桃。

月至空灵壁，春开断桔槔；

天功无得失，觉性齐峰蒿①。

附王维《春园即事》诗：

宿雨乘轻屐，春寒著弊袍。

开畦分白水，间柳发红桃。

草际成棋局，林端举桔槔。

还持鹿皮几，日暮隐蓬蒿。

桃源真境

出户谁亲我？四围天井山；

日帷掀顶盖，鸟道隐崖间。

听水清音远，观风妙意还；

桃源风水地，原在此收关。

附王维《淇上即事田园》诗：

屏居淇水上，东野旷无山。

日隐桑柘外，河明闾井间。

牧童望村去，猎犬随人还。

静者亦何事，荆扉乘昼关。

---

① 峰蒿：山峰与蓬蒿。

敬亭友

吾生唯好拙，只合山逢迎；
屈膝常攀石，观松独理筝。
百重泉辟谷，千道树逃城；
永作敬亭友，与峰共此生。

附王维《与卢象集朱家》诗：

主人能爱客，终日有逢迎。
贳得新丰酒，复闻秦女筝。
柳条疏客舍，槐叶下秋城。
语笑且为乐，吾将达此生。

玉峰山下客

玉峰山下客，闹市谋虚堂；
大隐花生寂，长闲日护香。
檐头月挑梦，袖口风生凉；
禅坐不知久，推窗问早芳。

附王维《过福禅师兰若》诗：

岩壑转微径，云林隐法堂。
羽人飞奏乐，天女跪焚香。
竹外峰偏曙，藤阴水更凉。
欲知禅坐久，行路长春芳。

威武摄芳踪

兰草生幽谷，水复共山重；
闻香理乱鬓，会意散疏钟。
清影思狂象，柔姿会老龙；
旋平开正性，威武摄芳踪。

附王维《黎拾遗昕裴秀才迪见过秋夜对雨之作》诗：

促织鸣已急，轻衣行向重。
寒灯坐高馆，秋雨闻疏钟。
白法调狂象，玄言问老龙。
何人顾蓬径，空愧求羊踪。

韶华

往来天与地，心路即云车；
一念飞仙客，九河①落我家。
梦梳帘外月，日种笔头花；
申古拜高士，流光揽韶华。

附王维《晚春严少尹与诸公见过》诗：

松菊荒三径，图书共五车。
烹葵邀上客，看竹到贫家。

---

① 九河：天河。

鹊乳先春草，莺啼过落花。
自怜黄发暮，一倍惜年华。

三闲[①]

欲知笔下事，且上青溪头；
拢翠归山鸟，拿云截水流。
囊中无圣意，象外有真幽；
心主三闲物，任其春与秋。

附王维《过感化寺昙兴上人山院》诗：

暮持筇竹杖，相待虎谿头。
催客闻山响，归房逐水流。
野花丛发好，谷鸟一声幽。
夜坐空林寂，松风直似秋。

禅堂

禅堂一秃翁，起坐思蟾宫；
对月发新义，摇头了望空。
聪明开绝顶，不住灭身中；
似续床前语，和光畅晚风。

附王维《夏日过青龙寺谒操禅师》诗：

[①] 三闲：思闲、话闲、事闲。

龙钟一老翁，徐步谒禅宫。
欲问义心义，遥知空病空。
山河天眼里，世界法身中。
莫怪销炎热，能生大地风。

居高

我书作我意，汲古供推新；
六秩门前客，三生梦里人。
高明恋鬼手，富贵逗穷身；
自乐其中怪，居高不怕贫。

附王维《郑果州相过》诗：

丽日照残春，初晴草木新。
床前磨镜客，树下灌园人。
五马惊穷巷，双童逐老身。
中厨办粗饭，当恕阮家贫。

雨分龙[①]

抬眼苦行旅，上隆太岁峰；
遮天压近水，砸地倒栽钟。
泉暗啮人语，风巢古殿松；
萧森吞日色，正待雨分龙。

---

① 雨分龙：传统节日。五月多雨，有众龙分域之传说。

附王维《过香积寺》诗：
>
> 不知香积寺，数里入云峰。
>
> 古木无人径，深山何处钟？
>
> 泉声咽危石，日色冷青松。
>
> 薄暮空潭曲，安禅制毒龙。

访荀媪[①]

周人推六谷，至宋遗雕胡[②]；

孤性难成物？草冠更独夫？

狂生不解俗，夺志偏思厨；

河曲访荀媪，再造谪仙愚。

附王维《过崔驸马山池》诗：
>
> 画楼吹笛妓，金碗酒家胡。
>
> 锦石称贞女，青松学大夫。
>
> 脱貂贳桂醑，射雁与山厨。
>
> 闻道高阳会，愚公谷正愚。

可邀鸟看人

头颅任俯仰，只作顺天臣；

不入孔方眼，可臻自在身。

---

① 荀媪：出自李白《宿五峰山下荀媪家》诗。
② 雕胡：周朝六谷之一，至宋遭遗弃。

秋光揽四季，冻雨酿三春；
　　若出象牙塔，可邀鸟看人。

附王维《送李判官赴东江》诗：

　　　　闻道皇华使，方随皂盖臣。
　　　　封章通左语，冠冕化文身。
　　　　树色分扬子，潮声满富春。
　　　　遥知辨璧吏，恩到泣珠人。

与李商隐对话八首

（步其韵）

2019-06-01 至 2019-06-09

心琴简妙礼弦丝

　　仙人好作即中离，别意回柯碰巧期①；
　　为煮山光改笑日，是承夜露归魂时。
　　日衔冻土扬眉晚，雨接微云翻手迟；
　　送尔秋风酬旧客，心琴简妙礼弦丝。

附李商隐《辛未七夕》诗：

　　　　恐是仙家好别离，故教迢递作佳期。

---

① "仙人"二句：化用《述异记》中烂柯典故。

由来碧落银河畔，可要金凤玉露时。

清漏渐移相望久，微云未接过来迟。

岂能无意酬乌鹊，惟与蜘蛛乞巧丝。

袖间存有神仙种

秋月无波启幕帷，中天犹似散荆扉；

浮江黄石来仙侣，清夜宫车出紫衣。

幻境易迷呆鸟看，真龙久谙古堂威；

袖间存有神仙种，天女散之接愿归。

附李商隐《圣女祠》诗：

松篁台殿蕙香帏，龙护瑶窗凤掩扉。

无质易迷三里雾，不寒长著五铢衣。

人间定有崔罗什，天上应无刘武威。

寄问钗头双白燕，每朝珠馆几时归。

斑铜入笔飞新梦

篆铸恭王四器书，我存一记思华胥①；

伏羲画卦传真笔，裘卫制盉附土车②。

---

① 恭王四器：西周恭王时期铸造的四件青铜器。裘卫盉是其中之一器。吾收藏有一记裘卫盉铭文拓片。华胥：传伏羲之母。因文字起源于伏羲画卦，便很自然作上承其母、下开商周文字源流之思。

② "裘卫"句：裘卫盉铭文载，矩伯用礼品从裘卫手中换取了一千多亩土地，故结"附土车"之语，"土车"引申为地主之意。

目击道生知我有,手追鬼出奈何如?
斑铜入笔飞新梦,六骑①云车正接余。

附李商隐《筹笔驿》诗:

猿鸟犹疑畏简书,风云常为护储胥。
徒令上将挥神笔,终见降王走传车。
管乐有才真不忝,关张无命欲何如?
他年锦里经祠庙,梁父吟成恨有余。

幻影鱼龙非俗物

诗书互立敬天休,叩手相分便是留;
诗挑灵飞书自贵,书招鬼叫诗衔愁。
云山自立清江景,秋水回真古镜楼;
幻影鱼龙非俗物,钓竿何处下金钩?

附李商隐《即日》诗:

一岁林花即日休,江间亭下怅淹留。
重吟细把真无奈,已落犹开未放愁。
山色正来衔小苑,春阴只欲傍高楼。
金鞍忽散银壶漏,更醉谁家白玉钩。

---

① 六骑:代六件西周青铜器大盂鼎、乖伯簋、兮甲盘、散氏盘、毛公鼎、裘卫盉之铭文。

似象沉江法小乘

与夜逃闲无所供，秋江三两漏星灯；
天边翳月亡清露，舟内行禅坐老僧。
若主心生无住相，绝知天出几多层；
平流不起山坠坠，似象沉江法小乘。

附李商隐《题白石莲花寄楚公》诗：

  白石莲花谁所共，六时长捧佛前灯。

  空庭苔藓饶霜露，时梦西山老病僧。

  大海龙宫无限地，诸天雁塔几多层。

  漫夸鹙子真罗汉，不会牛车是上乘。

南北不迁共我心

岁过重阳寒意侵，夜空时语晚来禽；
经年不见心音壮，万里重来山月深。
莫道衡阳断骨笛①，且从尧水听衣砧；
失群骡下古堂暖，南北不迁共我心。

附李商隐《宿晋昌亭闻惊禽》诗：

  羁绪鳏鳏夜景侵，高窗不掩见惊禽。

  飞来曲渚烟方合，过尽南塘树更深。

---

① 骨笛：鹤骨笛。

胡马嘶和榆塞笛，楚猿吟杂橘村砧。
失群挂木知何限，远隔天涯共此心。

德业相推事不违

德业相推事不违，功深老就化天机；
潭空影落丰山①杏，海大潮飞岛屿微。
天上山无乱比拟，人间路有正皈依；
不钳大秘走刀口，谁遣金刚切愿归？

附李商隐《赠从兄阆之》诗：

怅望人间万事违，私书幽梦约忘机。
荻花村里鱼标在，石藓庭中鹿迹微。
幽径定携僧共入，寒塘好与月相依。
城中猘犬憎兰佩，莫损幽芳久不归。

反动因时开国手

不问寒流独上楼，管它转眼绿汀洲；
平生厌读登高赋②，到老还逃知北游③。
反动因时开国手，逆流顺势下心舟；

---

① 丰山：出自韩愈《上贾滑州书》。
② 登高赋：《登高赋》，王粲文。
③ 知北游：《知北游》，庄子文。

为人作计终归耻，另立兰溪老贯休①。

附李商隐《安定城楼》诗：

> 迢递高城百尺楼，绿杨枝外尽汀洲。
> 贾生年少虚垂泪，王粲春来更远游。
> 永忆江湖归白发，欲回天地入扁舟。
> 不知腐鼠成滋味，猜意鹓雏竟未休。

梅公亭畔笔张狂九十三首

2019-07-25 至 2019-10-11

梅公亭，坐落于梅城白象山侧，紧傍文庙、学宫，面对兰溪、寿山、南门岭。此地山川形势独妙，又因为历代古县治所，古建筑良多，历史文化积淀极为丰厚，惜尽毁。吾一一推梦还原，与之朝夕对话已三十四年矣！于今终有所悟。抱一山人于梅公亭畔。2020-03

一枝横断

梅公亭畔笔张狂，倒起虬松挂石梁；
自有天根挽绝壁，一枝横断碧山苍。

---

① 贯休：古诗画僧，有《十六罗汉图》，婺州兰溪人。吾之地亦名兰溪，故谓"另立"。

渊深九道

梅公亭畔笔张狂，秋浦衔云濡墨香；
收拾心光沉海象，渊深九道下汪洋。

魂归一处

梅公亭畔笔张狂，频惹墨皇射老香；
心室原初桑梓地，魂归一处斗秋霜。

自知

梅公亭畔笔张狂，松栎十围衔墨香；
旋转青山不用看，自知何处有仙乡。

自辟

梅公亭畔笔张狂，纵墨飞花破老窗；
化作青峰一道景，环身自辟梅亭乡。

自洗

梅公亭畔笔张狂，铁砚飞霜斗老阳[①]；
玉垒堆天思简妙，归秋自洗五云浆。

---

① 老阳：《易》之四象之一。就四季言，夏为老阳。

虚空镜里

梅公亭畔笔张狂,何惧如泥夜色长?
一点精光飞四壁,虚空镜里立刀郎。

我种奇情

梅公亭畔笔张狂,古意袭来似酒浆;
我种奇情浇野树,放之云岭散朝阳。

两无妨

梅公亭畔笔张狂,一半前生是故乡;
隙里光阴两地过,是人是鬼两无妨。

双王

梅公亭畔笔张狂,秋雨磨锋声带霜;
梦里因缘谁是主?玉山双挑谙双王[1]。

---

[1] "玉山"句:吾曾梦新殿内正壁突显"鲁班"二字。

真香

梅公亭畔笔张狂,天发新功降古堂;
坐断江南人未老,尘生纸上恋真香。

一片玉

梅公亭畔笔张狂,北入龙门①思故乡;
直取鄱湖②一片玉,挥挥笔润佛龛墙。

布衫不怕

梅公亭畔笔张狂,秋雨翻窗唤墨忙;
犹似春温入古道,布衫不怕添新凉。

铁里柔光

梅公亭畔笔张狂,势作山崩出渺茫;
铁里柔光不见字,惚惚一并剪秋霜。

---

① 龙门:即龙门石窟。
② 鄱湖:鄱阳湖,在江西省鄱阳县境内。

鉴横塘

梅公亭畔笔张狂，不为他人作嫁妆；
卅载东溪一片月，欣欣助我鉴横塘。

笑五猖

梅公亭畔笔张狂，三出鬼门笑五猖；
只为天人有约事，初心不见有仓皇。

邀混沌①

梅公亭畔笔张狂，独作奇峰挂浦樯；
耕出一方心海阔，长邀混沌坐中央。

关山一望

梅公亭畔笔张狂，老子骑牛我放羊；
放到无生无死处，关山一望是平常。

---

① 混沌：中央之帝，出自《庄子·应帝王》。

钟声

梅公亭畔笔张狂，纸上秋风切玉香；
气敢凝霜殄异类，钟声撞破丰山堂①。

升熊作舞

梅公亭畔笔张狂，秋雨入心不见凉；
射隼裁山呵老树，升熊作舞拜清霜。

青不拔

梅公亭畔笔张狂，四尺②无边可万行；
执我壑松青不拔，一枝扫尽千山黄。

月明叶下

梅公亭畔笔张狂，似桂盘心敛子房；
待到中天花大发，月明叶下散精光。

---

① "钟声"句：化韩愈之典。韩愈《上贾滑州书》："丰山上有钟焉，人所不可至，霜即降，则铿然鸣，盖气之感，非自鸣也。"
② 四尺：指四尺屏。

生翁①

梅公亭畔笔张狂,太古山安用险方;
独见生翁知性理,拙刀斜挑劈横梁。

偏堂

梅公亭畔笔张狂,至性行藏大朴方;
莫谓荒天搅破杖,三千佛法供偏堂。

蠹虫无梦

梅公亭畔笔张狂,废纸堆山未满箱;
字里涅槃燃楚凤,蠹虫无梦啃黄粱。

齐璜②

梅公亭畔笔张狂,不画桃虾作饭囊;
清骨难留太古相,俗河边上走齐璜。

---

① 生翁:徐生翁。
② 齐璜:齐白石。

傲钟王①

梅公亭畔笔张狂,最喜生翁独逞强;
垩壁山词留野趣,拈来自立傲钟王。

气压秋光

梅公亭畔笔张狂,纸上荒荒灭雁行;
气压秋光一点黑,藏之心海放晴窗。

洪波起落

梅公亭畔笔张狂,一阵风摇驾水樯;
着意飘飘何所止,洪波起落比山长。

两面看

梅公亭畔笔张狂,收拾万缘作简妆;
四季风潮一笔写,中分两面看玄黄。

---

① 钟王:钟繇、王羲之。

千山奔腕

梅公亭畔笔张狂，影对三人酒不凉；
一醉千山奔腕底，扁舟不必下襄阳[①]。

自推墙

梅公亭畔笔张狂，纸上追风捕影忙；
不作风逃风自起，风中寂寂自推墙。

字外王

梅公亭畔笔张狂，字里功夫字外王；
技弄时人谈猛虎，不知弃器是君长。

玉里断砂

梅公亭畔笔张狂，我效良工治玉忙；
玉里钢砂玉里断，一腔清德洗皮囊。

平中富贵

梅公亭畔笔张狂，朴里幽光发暖阳；
此是平中大富贵，归心再战卅年强。

---

① 下襄阳：参杜甫《闻官军收河南河北》诗。

通体晴光

梅公亭畔笔张狂,四尺西山画夕阳;
通体晴光发浩渺,三行纵式摇真香。

汉魏丛中

梅公亭畔笔张狂,纸上秋风布雁行;
汉魏丛中发篆舞,不知六合去来方。

抗寒王

梅公亭畔笔张狂,字里春声唤古堂;
散缓琼枝开瘦骨,刀刀斫出抗寒王。

撼山一往

梅公亭畔笔张狂,秋意着装自短长;
若使泠风吹老树,撼山一往发真藏。

邀颢老①

梅公亭畔笔张狂,一念登楼到武昌;
我散青天邀颢老,侧身北望博陵长。

---

① 颢老:指崔颢,博陵人,有《黄鹤楼》诗。

龙翻午夜

梅公亭畔笔张狂,梦里飞楼①接古堂;
千丈状元桥下水,龙翻午夜正敲窗。

斫微茫

梅公亭畔笔张狂,秋雨久藏字骨香;
锋挫笔头擒老怪,诗心一点斫微茫。

高竿不取

梅公亭畔笔张狂,持钓飞舟似鸟翔;
拙饵沉江在万里,高竿不取惑鱼梁。

抻开劲骨

梅公亭畔笔张狂,纸上横秋阻大江;
剥落千花知简妙,抻开劲骨见山王。

自作经天小日月

梅公亭畔笔张狂,拙意不随草上墙;
自作经天小日月,冬秋不问夏春长。

---

① 飞楼:代指大成殿。

师造化

梅公亭畔笔张狂,造化常师山水乡;
只是雪溪图①上景,难回纸上坐潇湘②。

寿山旁

梅公亭畔笔张狂,就石筑台架草房;
阶下一枝松入水,始知身在寿山旁。

字不降宋下

梅公亭畔笔张狂,三代③古风立汉唐;
若遣聪明穿宋降,游心只合巧梳妆。

不认兰亭千载王

梅公亭畔笔张狂,不认兰亭千载王;
直取商周贞卜秘,横翻汉魏写强梁。

---

① 雪溪图:指《雪溪图》,传王维作。
② 潇湘:指《潇湘图》,董源作。
③ 三代:此处指商、西周、东周。

画个秋山

梅公亭畔笔张狂,墨气含香绕纸长;
画个秋山疏刮刮,新阳置顶挂明珰。

聚墨藏山

梅公亭畔笔张狂,聚墨藏山筑梵堂;
四面盘心不是我,开光秋色错临窗。

自拜

梅公亭畔笔张狂,小乘翻流大乘方;
渡己渡人元是一,全从自拜发威光。

诗推李王[①]

梅公亭畔笔张狂,诗问百贤推李王;
貂意不嫌獾尾恶,只将心放助云扬。

藏真冰下

梅公亭畔笔张狂,早汲清霜饱胃肠;
钓断寒江燃楚竹,藏真冰下凿天光。

---

① 李王:李白、李商隐、王维。

五彩石

梅公亭畔笔张狂,秋浦河边放野荒;
云影衔来五彩石,翩翩不嫁水中郎。

四季连心

梅公亭畔笔张狂,写我晴光赠老龙;
四季连心元是一,秋空也剪夏云裳。

调阴阳

梅公亭畔笔张狂,颠来倒去着意忙;
不作观音千万手,只翻云雨合阴阳。

龙之望

梅公亭畔笔张狂,气感西山化柏梁;
可叹龙吟揭顶去,东飞万里下汪洋。

天机搏象

梅公亭畔笔张狂,造意追风如使枪;
一点天机搏老象,沉沉气盖斯文堂。

声闻一路

梅公亭畔笔张狂,切纸昆刀带玉香;
犹似清霜裂夜月,声闻一路下禅房。

虚处通灵

梅公亭畔笔张狂,西岭托云兴早阳;
即不即兮钳大秘,实从虚处唤墨皇。

观听抱

梅公亭畔笔张狂,不作书奴讨饭忙;
独守愚溪①千丈石,观山听水抱云藏。

檐琉一滴梦

梅公亭畔笔张狂,气敛秋阳坠瓦当;
此是檐琉一滴梦,千年不灭慰山房。

发幽篁

梅公亭畔笔张狂,静对西山坐两忘;
入灭一声雷寂寂,袭来诗意发幽篁。

---

① 愚溪:出自柳宗元《愚溪对》文。

烧空不问

梅公亭畔笔张狂,笔意闲随秋意长;
废纸连山追野火,烧空不问凤求凰。

九层狱火

梅公亭畔笔张狂,汲古心投影上墙;
八面锋头何所自?九层狱火铸心王。

遏遏去

梅公亭畔笔张狂,金错刀开无错方;
一笔挥将遏遏去,管它龙虎鸭猪羊。

根根得月

梅公亭畔笔张狂,墨上清光见性香;
五体盘根通半偈,根根得月下千江。

先从悲怆写清凉

梅公亭畔笔张狂,万种风情示月殇;
欲启庄严迎早照,先从悲怆写清凉。

敲山退水

梅公亭畔笔张狂，勾漏入山访葛郎[①]；
笔上峰头不识药，敲山退水泻青黄。

古法参心

梅公亭畔笔张狂，古法参心是正常；
莫食他人牙上屑，频钻臭缝啃糟糠。

风涛眼里

梅公亭畔笔张狂，刀进侧身切板钢；
剥落星光流线舞，风涛眼里有神藏。

一苇境里

梅公亭畔笔张狂，墨线飞空笑雁行；
套路巡天不是法，一苇境里走无方。

轻轻一挑

梅公亭畔笔张狂，功发古堂时未央；
老梦沉沉随纸落，轻轻一挑剪秋芳。

[①] "勾漏"句：勾漏山地处广西，传为葛洪炼丹处。东至县亦有葛洪遗迹之传说。

金箍棒下

梅公亭畔笔张狂,笔路昂昂道不荒;
谁说悟能能有误?金箍棒下死刁龙。

射幽谾

梅公亭畔笔张狂,字块冲崩蹦蟹螯;
爪角凌凌何所指?沉雷焠火射幽谾。

峰从九面

梅公亭畔笔张狂,字面功夫是死方;
字外神行不可说,峰从九面转潇湘。

平中撼透九天仓

梅公亭畔笔张狂,直教云梯化墨行;
一节光生一节势,平中撼透九天仓。

同光镜里

梅公亭畔笔张狂,看取云尖唤短章[①];
掌上茶香共墨舞,同光镜里灭侯王。

---

① 云尖:指金鸡岭云尖茶;短章:代称小幅书作。

钓寒泷

梅公亭畔笔张狂，石坠高峰谁敢当？
千载虬松可接势，权枒纵壑钓寒泷。

炉香一炷

梅公亭畔笔张狂，来去无心云退霜；
此是飞天迎大德，炉香一炷愿升堂。

峨山影落

梅公亭畔笔张狂，早梦惊回试老庞；
更续西天一片月，峨山影落醉平羌。

狡狯

梅公亭畔笔张狂，朴厚风生太古堂；
莫作奴才呆子相，直将狡狯绕云梁。

人性无真荒

梅公亭畔笔张狂，我效西门慢引漳①；
千亩邺田钟万斛，始知人性无真荒。

曲性旋心

梅公亭畔笔张狂，曲性旋心万里长；
若是毫端不识此，十将八九坠荒唐。

苍颜入纸

梅公亭畔笔张狂，拙意开新气正昂；
戡断古城一片月，苍颜入纸发清霜。

召南②颂下

梅公亭畔笔张狂，古意平怀去旧伤；
激楚追风常向北，召南颂下发甘棠。

---

① "我效"句：出自王充《率性论》。
② 召南：即《诗经·召南》。

寨旗底下

梅公亭畔笔张狂，笑看名家似虎狼；
技上追风斗地主，寨旗底下死钟王。

近取三碑①

梅公亭畔笔张狂，近取三碑发圣光；
摇落玉峰千丈秀，呼之笔底供才粮。

磊翁②之亏

梅公亭畔笔张狂，创造不兴粉彩妆；
九秩磊翁亏大朴，空将劲力撞吾堂。

至性

梅公亭畔笔张狂，至性推墙又破窗；
只合初心藏大野，画山不屑用金装。

---

① 三碑：梅公亭碑、文庙碑、学宫碑。
② 磊翁：谢宗安号磊翁，台湾书家，原籍秋浦县（今属东至县）。1995年东至一中设"谢宗安书法艺术陈列馆"，吾为第一任馆长。

脱缰

梅公亭畔笔张狂,拙意飘云正脱缰;
万缕秋光来股掌,散之寥廓仗八荒。

久筹风雨振壶浆

梅公亭畔笔张狂,愚谷开坛自立王;
为报三千松竹士,久筹风雨振壶浆。

上卷二　词(103首)

2019年9月至2020年1月

与古词家对话一百首

己亥腊八前七十七天内，吾步古人词百首，谓"插了梅花好过年"，心情自是一快。其为文之开拓意义大而深广，远在《梅公亭畔笔张狂》系列诗之上。带镣咏舞，匆匆亦见妙处，若复填之，别才仍可一往乎？抱一山人于梅公亭畔。

2020 年 3 月

鹧鸪天·袖中云林（步晏几道）

记得当年撞破钟，丰山顶上万花红。一秋阻隔三千里，气动神摇万壑风。　　前世约，始相逢，毫端不遣与人同。今朝把酒何须看，天上云林在袖中。

附晏几道《鹧鸪天·彩袖殷勤捧玉钟》词：

彩袖殷勤捧玉钟，当年拚却醉颜红。舞低杨柳楼心月，歌尽桃花扇底风。　　从别后，忆相逢，几回魂梦与君同。今宵剩把银釭照，犹恐相逢是梦中。

鹧鸪天·和月飘飞（步秦观）

转眼蝉鸣翻旧闻，夏秋风坠树枝痕。流光抹去声无迹,不理穷思叹梦魂。　刀化笔,对清樽,晨光斫却逮黄昏。今宵一撇流星雨,和月飘飞绕席门。

附秦观《鹧鸪天·枝上流莺和泪闻》词:

枝上流莺和泪闻,新啼痕间旧啼痕。一春鱼鸟无消息,千里关山劳梦魂。　无一语,对芳樽。安排肠断到黄昏。甫能炙得灯儿了,雨打梨花深闭门。

鹧鸪天·天上烧云 (步辛弃疾)

天上烧云锻月芽,火轮未上气生些。林间虫鸟音声绝,障眼红光飞幻鸦。　颠倒地,梦中斜,庄周化蝶错谁家?只因鬼魅无他事,挑逗凡夫莫须花①。

附辛弃疾《鹧鸪天·陌上柔桑破嫩芽》词:

陌上柔桑破嫩芽,东邻蚕种已生些。平冈细草鸣黄犊,斜日寒林点暮鸦。　山远近,路横斜,青旗沽酒有人家。城中桃李愁风雨,春在溪头荠菜花。

青玉案·放个归期 (步贺铸)

巡山不蹈方回路,观其影,挥将去。势转长天云与度。老聃方略,闭门藏户,可晓吾心处?　移情诗景晨牵暮,难与真身吐奇句。放个归期天已许:秋

---

① 莫须花:莫须有之花。

行江渚，冬飘玉絮，春夏裁时雨。

附贺铸《青玉案·凌波不过横塘路》词：

凌波不过横塘路，但目送、芳尘去。锦瑟华年谁与度？月桥花院，琐窗朱户，只有春知处。　飞云冉冉蘅皋暮，彩笔新题断肠句。试问闲情都几许？一川烟草，满城风絮，梅子黄时雨。

青玉案·西霞影落（步辛弃疾）

西霞影落藏秋树，夜穿牖，星偷雨，晓即光天云铺路。是何神物，掌中翻覆，作我观心舞？　拈来化境千丝缕，天与人谋送将去。功上无思真法度。几人拈得、浑头心絮，见性空茫处？

附辛弃疾《青玉案·东风夜放花千树》词：

东风夜放花千树，更吹落，星如雨。宝马雕车香满路，凤箫声动，玉壶光转，一夜鱼龙舞。　蛾儿雪柳黄金缕，笑语盈盈暗香去。众里寻他千百度，蓦然回首，那人却在，灯火阑珊处。

一剪梅·独领恬军[①]（步李清照）

百丈红枫醉晚秋，叶举云裳，枝托云舟。欣欣不见山人来，舟自轻揉，月下琼楼。　福地寻天看水

[①] 恬军：蒙恬之军。传蒙恬造笔。

流，小境风骚，莫洗闲愁。古堂最喜战狼狂，独领恬军，十万苍头①。

附李清照《一剪梅·红藕香残玉簟秋》词：

红藕香残玉簟秋。轻解罗裳，独上兰舟。云中谁寄锦书来？雁字回时，月满西楼。　　花自飘零水自流。一种相思，两处闲愁。此情无计可消除，才下眉头，却上心头。

蝶恋花·圣意（步柳永）

秋雨如丝声细细，近捋星阳，远漏空天际。不必旋眸开异色，风烟早会登临意。　　汲古追风老来醉，山水行禅，调我真滋味。圣意不曾天问悔，莫将心力通枯悴。

附柳永《蝶恋花·伫立危楼风细细》词：

伫倚危楼风细细。望极春愁，黯黯生天际。草色烟光残照里，无言谁会凭阑意？　　拟把疏狂图一醉。对酒当歌，强乐还无味。衣带渐宽终不悔，为伊消得人憔悴。

蝶恋花·正觉（步欧阳修）

天上月楼高几许？空际堆云，欲问谁堪数？大地有情真绝处，几人识得通行路？　　佛性同方朝与暮。

---

① 苍头：青巾裹头的士兵。

梦醒招缘，翻手无心住。正觉何曾空问语，漫随笔性开将去。

附欧阳修《蝶恋花·庭院深深深几许》词：

庭院深深深几许？杨柳堆烟，帘幕无重数。玉勒雕鞍游冶处，楼高不见章台路。　雨横风狂三月暮。门掩黄昏，无计留春住。泪眼问花花不语，乱红飞过秋千去。

渔家傲·山魂 (步范仲淹)

书事忘年翻诡异，毫端九曲通真意。悠闲心随云唤起。千嶂里，飘飘不与斜阳闭。　月上西峰光万里，苍雄简妙千秋计。唤我山魂天接地。飞微雨，九天神女吹香泪。

附范仲淹《渔家傲·塞下秋来风景异》词：

塞下秋来风景异，衡阳雁去无留意。四面边声连角起。千嶂里，长烟落日孤城闭。　浊酒一杯家万里，燕然未勒归无计。羌管悠悠霜满地。人不寐，将军白发征夫泪。

雨霖铃·双雄[①]座 (步柳永)

心通刀切，点山钩水，劲厉无歇。犹行袖里秋讯，情留异处，精光生发。抚尔池摇泮水，浪飞断凝咽。

---

① 双雄：吾曾梦"鲁斑"二字，"斑"乃文挑双王，故谓。

且送目，牵水烟波，掌上翻心壮天阔。　　规章自古因人别，顺天行、创造推时节。今朝把酒吹万，尧水岸、捕风追月。造我山堂，供我、双雄座自天设。断不信、天种王侯，自可圆其说。

附柳永《雨霖铃·寒蝉凄切》词：

寒蝉凄切，对长亭晚，骤雨初歇。都门帐饮无绪，留恋处，兰舟催发。执手相看泪眼，竟无语凝噎。念去去、千里烟波，暮霭沉沉楚天阔。　　多情自古伤离别，更那堪、冷落清秋节！今宵酒醒何处？杨柳岸、晓风残月。此去经年，应是、良辰好景虚设。便纵有、千种风情，更与何人说？

念奴娇·咏虚云和尚[①] (步苏轼)

水杯坠地，见心归寂眼，穿墙无迹。隔岸花明光与影，洞彻一江秋碧。玉宇澄清，仙人何在？梦醒清凉国。原心如镜，今生前世历历。　　年少欲报亲恩，踏翻锅灶，忏影参岩客。跪断三千云与路，苦尽天台朝夕。想见当年，松毛涧水，可作飞天翼。人沉江底，托身可断尘笛。

附苏轼《念奴娇·凭高眺远》词：

凭高眺远，见长空万里，云无留迹。桂魄飞来光射处，冷

[①] 此词涉及虚云和尚修道事颇多，不作注释。见《虚云和尚年谱》。

浸一天秋碧。玉宇琼楼，乘鸾来去，人在清凉国。江山如画，望中烟树历历。　我醉拍手狂歌，举杯邀月，对影成三客。起舞徘徊风露下，今夕不知何夕！便欲乘风，翩然归去，何用骑鹏翼？水晶宫里，一声吹断横笛。

念奴娇·还我狂年 (步苏轼)

菊江①秋柳，雨戡落、枝上依依情物。远水平湖，天尽处、一线青黄贴壁。个里苍茫，蹉跎镜里，岁岁芦花雪。翻新如旧，莫知天造时杰。　居老还我狂年，使群龙接侣，遮天齐发。吊饮清江，翻手处、千万灵光明灭。莫笑云头，苍苍无敌手，倒添华发。豪情一往，梦沉江底捞月。

附苏轼《念奴娇·大江东去》词：

大江东去，浪淘尽、千古风流人物。故垒西边，人道是、三国周郎赤壁。乱石穿空，惊涛拍岸，卷起千堆雪。江山如画，一时多少豪杰！　遥想公瑾当年，小乔初嫁了，雄姿英发。羽扇纶巾，谈笑间、樯橹灰飞烟灭。故国神游，多情应笑我，早生华发。人生如梦，一尊还酹江月。

念奴娇·玉山② (步张孝祥)

玉山含露，浥青翠、添了云中风色。未到秋声穷

---

① 菊江：长江流经东至县的一段。
② 玉山：玉峰山，又名寿山。

鼓努，先上轻寒洗叶。树下新阳，欣欣漏影，不语透心澈。鸡冠高唱，声闻不见花说。　　闲妙偏爱孤途，别情独上，岭表招冰雪。不与炎凉翻世界，谁识关山雄阔？来自该来，去当该去，随遇皆缘客。拙才功远，大生非主一夕。

附张孝祥《念奴娇·洞庭青草》词：

洞庭青草，近中秋、更无一点风色。玉鉴琼田三万顷，着我扁舟一叶。素月分辉，明河共影，表里俱澄澈。悠然心会，妙处难与君说。　　应念岭表经年，孤光自照，肝胆皆冰雪。短发萧骚襟袖冷，稳泛沧浪空阔。尽吸西江，细斟北斗，万象为宾客。扣舷独笑，不知今夕何夕！

念奴娇·嘉会新寻 (步叶梦得)

好谈高格，渺昏波无际，随影浮沉。大日藏辉终有迹，鳞血侵破长阴。眼障横愁，真情不与，银海晦清深。状元桥下，梦托龙怨无吟。　　莫道真境难开，排云飞碧落，嘉会新寻。愿发中天谁接引？拙意翻手登临。省却时魔，瞒天欺我，盘弄布衣心。遂原初觉，雨花香暗词林。

附叶梦得《念奴娇·洞庭波冷》词：

洞庭波冷，望冰轮初转，沧海沉沉。万顷孤光云阵卷，长笛吹破层阴。汹涌三江，银涛无际，遥带五湖深。酒阑歌罢，至今鼉怒龙吟。　回首江海平生，漂流容易散，佳期难寻。缥缈高城风露爽，独倚危槛重临。醉倒清尊，姮娥应笑，犹有向来心。广寒宫殿，为余聊借琼林。

永遇乐·执文窍（步辛弃疾）

孤影徘徊，待秋来与，终见归处。骨笛轻吹，巡天觅雁，只合风来去。新阳落草，香光拢袖，邀我醉心长住。想当年，浑头野性，可曾手刃岩虎？　余生不似、风铃吹阁，翘首托心四顾。送往诗来，开新词去，参破归心路。纵推词境，不拈无有[1]，省却对锣说鼓。执文窍，通家国事，圣心在否？

附辛弃疾《永遇乐·千古江山》词：

千古江山，英雄无觅，孙仲谋处。舞榭歌台，风流总被，雨打风吹去。斜阳草树，寻常巷陌，人道寄奴曾住。想当年、金戈铁马，气吞万里如虎。　元嘉草草，封狼居胥，赢得仓皇北顾。四十三年，望中犹记，烽火扬州路。可堪回首，佛狸祠下，一片神鸦社鼓。凭谁问，廉颇老矣，尚能饭否？

贺新郎·举杯去（步张元幹）

莫问秋光路，看西山、斑斓醉晚，举烟炊黍。底

---

[1] 王国维论诗词之"有我之境"与"无我之境"，乃缘木求鱼，似是而非。

事山家开场圃，招我云旗斜注？前路转、峰头玉兔。一缕飞泉开天壁，乃山裁瘦水情中诉。秋唤我，举杯去。　　凉生袖口思残暑，笑寒蛩、三车①坠道，瓦情难度。一入荒唐椎心苦，遍地嘶天噪语。辕北辙，南谟谁与？今古名词偏好此，恨山人拙眼难亲汝。且闭目，意千缕。

附张元幹《贺新郎·梦绕神州路》

梦绕神州路。怅秋风、连营画角，故宫离黍。底事昆仑倾砥柱，九地黄流乱注？聚万落、千村狐兔。天意从来高难问，况人情老易悲如诉。更南浦，送君去。　　凉生岸柳催残暑。耿斜河、疏星淡月，断云微度。万里江山知何处？回首对床夜语。雁不到、书成谁与？目尽青天怀今古，肯儿曹恩怨相尔汝？举大白，听金缕。

贺新郎·该出手 (步刘克庄)

气厚吞山黑，壑森森，呛天杵浪，暗云如织。甫老②壮心标山阁，郁勃才雄千尺。物揽尽、江天异色。不负青衿忧国梦，哭苍生眼泪千般滴。三吏事，遍文迹。　　余生徒慕凌云笔。但从天、直心推去，眼空萧瑟。牙慧逢人翻口臭，风秀林中高客。无间处、胸

---

① 三车：喻佛教三乘，此处指佛事。
② 甫老：指杜甫。

襟独出。个里乾坤知多少，岂狂潮、一往江声寂？该出手，莫藏匿。

附刘克庄《贺新郎·湛湛长空黑》词：

湛湛长空黑。更那堪、斜风细雨，乱愁如织。老眼平生空四海，赖有高楼百尺。看浩荡、千崖秋色。白发书生神州泪，尽凄凉、不向牛山滴。追往事，去无迹。　少年自负凌云笔。到而今、春华落尽，满怀萧瑟。常恨世人新意少，爱说南朝狂客。把破帽、年年拈出。若对黄花孤负酒，怕黄花、也笑人岑寂。鸿北去，日西匿。

满江红·收云鹤（步苏轼）

劲气西来，风刀里、玉山卸碧。无漏处，换浮生景，著沉香色。未到树间光豁落，且将拙意邀迁客。借浮云，载过往时光，闲中说。　天衍景，休误读。忘所自，山灵惜。镜光秋中老，算谁萧瑟？任笔翻裁皆是妙，随缘自已飘飘忽。霸一枝，敛万里风头，收云鹤。

附苏轼《满江红·江汉西来》词：

江汉西来，高楼下、蒲萄深碧。犹自带，岷峨雪浪，锦江春色。君是南山遗爱守，我为剑外思归客。对此间、风物岂无情，殷勤说。　江表传，君休读。狂处士，真堪惜。空洲对鹦鹉，苇花萧瑟。独笑书生争底事，曹公黄祖俱飘忽。愿使君、还赋谪仙诗，追黄鹤。

念奴娇·掌上翻心折（步辛弃疾）

物情时序，于阴阳套里，妙翻时节。人歌人哭皆是境，供我去寒蝉怯。镜里飞花，光中遛影，不见心分别。人楼互怨，对空均是胡说。　　北上岭对南山，何曾失却、横贯东西月？翌日晴明天又起，霞染关山千叠。百鸟观风，丝阳千缕，掌上翻心折。余生斯是，岂能亏待华发？

附辛弃疾《念奴娇·野棠花落》词：

野棠花落，又匆匆过了，清明时节。划地东风欺客梦，一枕云屏寒怯。曲岸持觞，垂杨系马，此地曾经别。楼空人去，旧游飞燕能说。　　闻道绮陌东头，行人曾见，帘底纤纤月。旧恨春江流不尽，新恨云山千叠。料得明朝，尊前重见，镜里花难折。也应惊问，近来多少华发？

念奴娇·莫行呆问（步李清照）

自南徂北，泮江三千里，随山开闭。其性穿钢裁正骨，全仗本心一气。自出洪荒，重峦设阻，怒吼千般味。万年一穴，串连奇功遥寄。　　临水不上高楼，顺天造物，自化无倚。老对人生安海岳，岂教风平又起？不理禅头，不求他与，只作山人意。莫行呆问：

月明翻过头未?

附李清照《念奴娇·萧条庭院》词:

萧条庭院,又斜风细雨,重门须闭。宠柳娇花寒食近,种种恼人天气。险韵诗成,扶头酒醒,别是闲滋味。征鸿过尽,万千心事难寄。　　楼上几日春寒,帘垂四面,玉阑干慵倚。被冷香消新梦觉,不许愁人不起。清露晨流,新桐初引,多少游春意。日高烟敛,更看今日晴未?

渔家傲·柳卧溪桥 (步王安石)

柳卧溪桥思水抱,水流不语梳秋草。烂漫不从身窈窕?心未到,不该叶落归风扫。　　满眼山光飞晓鸟,喳喳自谓巡山早。卖老不须倚老?蒙正好,阴阳理断山间道。

附王安石《渔家傲·平岸小桥千嶂抱》词:

平岸小桥千嶂抱,柔蓝一水萦花草。茅屋数间窗窈窕。尘不到,时时自有春风扫。　　午枕觉来闻语鸟,欹眠似听朝鸡早。忽忆故人今总老。贪梦好,茫然忘了邯郸道。

蝶恋花·大日 (步冯延巳)

大日荒荒千丈坠,欲问参商,又转堂中寐。坐待穿空红日起,谁知翻手沉江水。　　梦醒侧身掀角纬,追忆凭栏,圆月无由闭。上下清光天问地,金乌何病通枯悴？

附冯延巳《蝶恋花·萧索清秋珠泪坠》词：

萧索清秋珠泪坠，枕簟微凉，展转浑无寐。残酒欲醒中夜起，月明如练天如水。　阶下寒声啼络纬，庭树金风，悄悄重门闭。可惜旧欢携手地，思量一夕成憔悴。

鹧鸪天·尧水 (步辛弃疾)

尧水推山真灌夫，三千黛色涌心初。顺流南海参奇色，逆可江洲拜小姑①。　尧水独，最知吾，遣风吹浪洗髭须。余生可待飘千尺，掀髯如同翻洛书。

附辛弃疾《鹧鸪天·壮岁旌旗拥万夫》词：

壮岁旌旗拥万夫，锦襜突骑渡江初。燕兵夜娖银胡觮，汉箭朝飞金仆姑。　追往事，叹今吾，春风不染白髭须。却将万字平戎策，换得东家种树书。

临江仙·眼中 (步冯延巳)

秋冷风干荒漠漠，谁言意兴阑珊？可翻长袖剪长寒。笔随心转，任尔墨阑干。　欲证心天空是远，眼中未有王孙。早年好个岭头云，今为厌客，枉自锁晨昏。

---

① 小姑：小姑山，即小孤山，吾地长江上游处。

附冯延巳《临江仙·冷红飘起桃花片》词：

冷红飘起桃花片,青春意绪阑珊。高楼帘幕卷轻寒。酒余人散,独自倚阑干。　　夕阳千里连芳草,风光愁煞王孙。徘徊飞尽碧天云,凤城何处?明月照黄昏。

水龙吟·龙行 (步辛弃疾)

笔头轻挑云楼,病随秋去空无际。高天看我,旋晴一笑:"三毛失髻,上效头陀,下收弥勒,可堪佛子。"此马牛诳语,无关齐楚。吾之事,神钳意。　　刀下无心可脍,困中飞,锋头知未?宏城藏拙,愚溪堪对,绝红尘气。可作龙行,呼天一念,披风来此!遂开流决壑,耕山移地,泻欢欣泪。

附辛弃疾《水龙吟·楚天千里清秋》词：

楚天千里清秋,水随天去秋无际。遥岑远目,献愁供恨,玉簪螺髻。落日楼头,断鸿声里,江南游子。把吴钩看了,阑干拍遍,无人会,登临意。　　休说鲈鱼堪脍,尽西风,季鹰归未?求田问舍,怕应羞见,刘郎才气。可惜流年,忧愁风雨,树犹如此!倩何人唤取,红巾翠袖,揾英雄泪!

桂枝香·才情 (步王安石)

才情未了,挂野壁参方,快意端肃。犹有云花如瀑,涧花如簇。小心无意逢人说,更无须、倚天斜矗。

化针悬谷,银光弹指,正声行足。　　艺中事,盘心相逐。任水复山重,求证相续。其势隔山打虎,踢翻荣辱。天明何必千山晓,芭蕉真从雪中绿。合山家性,鉴溪头碧,度无弦曲。

附王安石《桂枝香·登临送目》词:

登临送目,正故国晚秋,天气初肃。千里澄江似练,翠峰如簇。征帆去棹残阳里,背西风,酒旗斜矗。彩舟云淡,星河鹭起,画图难足。　　念往昔,豪华竞逐,叹门外楼头,悲恨相续。千古凭高对此,漫嗟荣辱。六朝旧事随流水,但寒烟衰草凝绿。至今商女,时时犹唱,后庭遗曲。

钗头凤·浮生一望 (步陆游)

风推手,炉呼酒,百杯难醉邀柔柳。醪糟恶?金樽薄?射锥天石,用秋千索,错。错。错。　　心如旧,眸山瘦,浮生一望千层透。秋风落,思春阁,离奇心事,枉将真托,莫。莫。莫。

附陆游《钗头凤·红酥手》词:

红酥手,黄縢酒,满城春色宫墙柳。东风恶,欢情薄。一怀愁绪,几年离索。错!错!错!　　春如旧,人空瘦,泪痕红浥鲛绡透。桃花落,闲池阁。山盟虽在,锦书难托。莫!莫!莫!

忆秦娥·鲁斑壁上（步李白）

江鸣咽，无聊翻覆吞江月。吞江月，姮娥俯首，笑中谈别。　　人生好个清秋节，诗书梦里双奇绝。双奇绝，鲁斑壁上，墨浮烟阙。

附李白《忆秦娥·箫声咽》词：

箫声咽，秦娥梦断秦楼月。秦楼月，年年柳色，灞陵伤别。　　乐游原上清秋节，咸阳古道音尘绝。音尘绝，西风残照，汉家陵阙。

望江东·我将来去自来去（步黄庭坚）

风遣红尘截烟树，挡不了、心头路。我将来去自来去，地狱走，天堂住。　　秋霜扫却花无数，有碍境，无由与。只身早教慧分付，自天我，消朝暮。

附黄庭坚《望江东·江水西头隔烟树》词：

江水西头隔烟树，望不见、江东路。思量只有梦来去，更不怕、江阑住。　　灯前写了书无数，算没个、人传与。直饶寻得雁分付，又还是、秋将暮。

醉花阴·拢万里苍山（步李清照）

隔夜灵光飘旦昼，幻口吞香兽。吐气衍流云，但见波翻，难教清心透。　　原神归位中天后，势正偏盈袖。拢万里苍山，梦里庄严，还待青峰瘦。

附李清照《醉花阴·薄雾浓云愁永昼》词：

薄雾浓云愁永昼，瑞脑消金兽。佳节又重阳，玉枕纱厨，半夜凉初透。　东篱把酒黄昏后，有暗香盈袖。莫道不销魂，帘卷西风，人比黄花瘦。

一剪梅·心钳二物（步蒋捷）

别意泠风似酒浇，云里扶摇，江影躬招。空茫进肘劈天桥，碎雨飘飘，碧落潇潇。　我好炎天着敞袍，内擅风调，外御无烧。心钳二物赖天抛：石上灵桃，雪绿芭蕉。

附蒋捷《一剪梅·一片春愁待酒浇》词：

一片春愁待酒浇，江上舟摇，楼上帘招。秋娘度与泰娘桥，风又飘飘，雨又潇潇。　何日归家洗客袍？银字笙调，心字香烧。流光容易把人抛，红了樱桃，绿了芭蕉。

临江仙·风刀自遣（步陈与义）

百战归来弓挂壁，案头转会文英。夜钳铁幕降无声。毫端推李杜，穿梦到天明。　甲子登高词意老，观涛不见心惊。风刀自遣割阴晴。游心光影里，纳翠煮寒更。

附陈与义《临江仙·忆昔午桥桥上饮》词：

忆昔午桥桥上饮,坐中多是豪英。长沟流月去无声。杏花疏影里,吹笛到天明。　　二十余年如一梦,此身虽在堪惊。闲登小阁看新晴。古今多少事,渔唱起三更。

采桑子·丈早阳 (步冯延巳)

挥毫不理逢迎语。古意衔芳,老境清凉,朴厚翻裁九曲肠。　　古堂对月风生座。无意寻双,夜起云量,横就东方丈早阳。

附冯延巳《采桑子·花前失却游春侣》词:

花前失却游春侣。独自寻芳,满目悲凉,纵有笙歌亦断肠。　　林间戏蝶梁间燕。各自双双,忍更思量,绿树青苔半夕阳。

画堂春·下云床 (步黄庭坚)

众山展逼自成江,条条唤我松窗。我随流水转回廊,步步蹈青凉。　　浪卷风回激楚,狂歌对镜飞光。高天许我下云床,截流逮山香。

附黄庭坚《画堂春·摩围小隐枕蛮江》词:

摩围小隐枕蛮江,蛛丝闲锁晴窗。水风山影上修廊,不到晚来凉。　　相伴蝶穿花径,独飞鸥舞春光。不因送客下绳床,添火炷炉香。

采桑子·自性翻流（步欧阳修）

山人不作书奴隶，笔气逶迤，聚墨推堤，自性翻流招鹤随。　梦中拙笔抻天地，斗换星移，彩焕涟漪，月下清光绕指飞。

附欧阳修《采桑子·轻舟短棹西湖好》词：

轻舟短棹西湖好，绿水逶迤，芳草长堤，隐隐笙歌处处随。　无风水面琉璃滑，不觉船移，微动涟漪，惊起沙禽掠岸飞。

菩萨蛮·雪（步温庭筠）

寒林夜月思明灭，转头冻地飞冰雪。早起看家山，紫烟推梦迟。　晴光如古镜，谁与相辉映？山舞旧琼襦，所思非鹧鸪。

附温庭筠《菩萨蛮·小山重叠金明灭》词：

小山重叠金明灭，鬓云欲度香腮雪。懒起画蛾眉，弄妆梳洗迟。　照花前后镜，花面交相映。新帖绣罗襦，双双金鹧鸪。

临江仙·山人决战在长平[①]（步苏轼）

我好东坡文字饮，千杯未醉三更。梦魂渐起大风

---

① 长平：战国军事家白起坑 40 万赵卒之地。

鸣。雁飞高迥黑，奇色下天声。　不恨此身无大用，常思画角连营。山人决战在长平，书中之白起，坑俗祭狂生。

附苏轼《临江仙·夜饮东坡醒复醉》词：

夜饮东坡醒复醉，归来仿佛三更。家童鼻息已雷鸣。敲门都不应，倚杖听江声。　长恨此身非我有，何时忘却营营？夜阑风静縠纹平。小舟从此逝，江海寄余生。

临江仙·山老正裁红（步鹿虔扆）

背对初阳光恋我，天寒无奈心空。平生万虑去无踪。闲情虚壁，闭目坐春风。　早岁矶边玩彩石①，痴心直挂蟾宫。昏头捉月坠江中，逃生秋岸，山老正裁红。

附鹿虔扆《临江仙·金锁重门荒苑静》词：

金锁重门荒苑静，绮窗愁对秋空。翠华一去寂无踪。玉楼歌吹，声断已随风。　烟月不知人事改，夜阑还照深宫。藕花相向野塘中。暗伤亡国，清露泣香红。

临江仙·招引万壑风（步徐昌图）

天道有常无谬，放生享受飘蓬。凝寒正对晦重重。

---

① "早岁"句：采石矶位于安徽省马鞍山市长江边，传李白于此捉月溺水而亡。吾早年五次游此。

荒窗一夜雨，不理杏花红。　　幻我西山秋色，吟香问月朦胧。寰中人是最情浓。推开千嶂影，招引万壑风。

附徐昌图《临江仙·饮散离亭西去》词：

饮散离亭西去，浮生长恨飘蓬。回头烟柳渐重重。淡云孤雁远，寒日暮天红。　　今夜画船何处？潮平淮月朦胧。酒醒人静奈愁浓。残灯孤枕梦，轻浪五更风。

鹧鸪天·豁落声中归梦魂 (步秦观)

和血吞牙是旧闻，眉峰挑翠转晴痕。云霞渐拶千山壮，豁落声中归梦魂。　　呼大壑，斗清樽，余生煮酒论晨昏。青梅化了壶中结，醉我词林小洞门。

附秦观《鹧鸪天·枝上流莺和泪闻》词：

枝上流莺和泪闻，新啼痕间旧啼痕。一春鱼鸟无消息，千里关山劳梦魂。　　无一语，对芳樽，安排肠断到黄昏。甫能炙得灯儿了，雨打梨花深闭门。

渔家傲·洪波待发天门箭 (步欧阳修)

玉镜衔光秋影浅，依依梦枕沙汀畔。入水金鸡河谷暗。山魂敛，幽幽怀缅形千面。　　个里神明谁可见？忘年知遇情何限。不作蛮牛生死恋。休言语，洪波待发天门箭。

附欧阳修《渔家傲·喜鹊填河仙浪浅》词：

喜鹊填河仙浪浅，云軿早在星桥畔。街鼓黄昏霞尾暗。炎光敛，金钩侧倒天西面。　　一别经年今始见，新欢往恨知何限？天上佳期贪眷恋。良宵短，人间不合催银箭。

小重山·声闻不上响泉琴（步岳飞）

岭上呦呦示鹿鸣，随风飘四野，旷三更。月光忘却带刀行，留山骨，何处退无明？　　真性自逃名，流光空万里，了无程。声闻不上响泉琴，翻手未，表里逗谁听？

附岳飞《小重山·昨夜寒蛩不住鸣》词：

昨夜寒蛩不住鸣。惊回千里梦，已三更。起来独自绕阶行。人悄悄，帘外月胧明。　　白首为功名。旧山松竹老，阻归程。欲将心事付瑶琴。知音少，弦断有谁听？

破阵子·好作螯虫[①]（步辛弃疾）

也拟兵家鏖战，纵横六合连营。纸上蒙恬飞虎将，发我心王传令声，数行坑万兵。　　不是天生情种，何来笔下心惊？我尚不才偏野拙，好作螯虫惹骂名，呛呛洽此生。

---

① 螯虫：指带螯脚之虫。

附辛弃疾《破阵子·醉里挑灯看剑》词：

醉里挑灯看剑，梦回吹角连营。八百里分麾下炙，五十弦翻塞外声，沙场秋点兵。　　马作的卢飞快，弓如霹雳弦惊。了却君王天下事，赢得生前身后名，可怜白发生！

太常引·小姑山[①]（步辛弃疾）

荆江势接菊江波[②]，陡立转心磨。耸翠问姮娥：失螺髻，天姿奈何？　　姮娥一笑，飘然无影，俏语漾天河：论下界娑婆，盗雅者，山姑最多。

附辛弃疾《太常引·一轮秋影转金波》词：

一轮秋影转金波，飞镜又重磨。把酒问姮娥：被白发、欺人奈何？　　乘风好去，长空万里，直下看山河。斫去桂婆娑，人道是、清光更多。

朝中措·独起声闻法炬（步欧阳修）

隔山打虎气行空，猎物有无中。天壁停云无觉，不知林下惊风。　　浑头心撞、人言瓦缶，我谓洪钟。独起声闻法炬，不惭墨上诗翁。

附欧阳修《朝中措·平山栏槛倚晴空》词：

平山栏槛倚晴空，山色有无中。手种堂前垂柳，别来几度

---

① 小姑山：又名小孤山。
② "荆江"句：小姑山处于荆江与菊江之间的长江中。

春风？　　文章太守，挥毫万字，一饮千钟。行乐直须年少，尊前看取衰翁。

浪淘沙·天地玄同 (步欧阳修)

任尔暑寒风，我自从容。危山过了难河东。豁落风涛经绝处，翠拥千丛。　　来也去匆匆，妙意无穷。偏锋斫日泛霞红，犹似烂泥龟曳尾①，天地玄同。

附欧阳修《浪淘沙·把酒祝东风》词：

把酒祝东风，且共从容。垂杨紫陌洛城东。总是当年携手处，游遍芳丛。　　聚散苦匆匆，此恨无穷。今年花胜去年红。可惜明年花更好，知与谁同？

双溪引②·窗下芳草 (步王雱)

窗下芳草尚轻柔，不屑载闲愁。情开四季，伴君孤意，枯老难休。　　阶前又到霜天早，细雨下高楼。精魂铺地，新诗满眼，捧上心头。

附王雱《眼儿媚·杨柳丝丝弄轻柔》词：

杨柳丝丝弄轻柔，烟缕织成愁。海棠未雨，梨花先雪，一半春休。　　而今往事难重省，归梦绕秦楼。相思只在：丁香枝上，豆蔻梢头。

---

① 龟曳尾：出自《庄子·秋水》。
② 此词原牌名"眼儿媚"，吾嫌其俗，改为"双溪引"。

双溪引·诗心不惑（步范成大）

意气开张散云浮，盘礴解轻裘。何来顽石，笑山人事，总是摇头？　　诗心不惑娑婆地，消了百年愁。梦中记忆，高情吞血，达敬天休。

附范成大《眼儿媚·酣酣日脚紫烟浮》词：

酣酣日脚紫烟浮，妍暖破轻裘。困人天色，醉人花气，午梦扶头。　　春慵恰似春塘水，一片縠纹愁。溶溶泄泄，东风无力，欲皱还休。

少年游·高秋（步柳永）

高天秋旷小山桥，妙境胜春朝。水横碧落，为山写照，剪断玉峰腰。　　林中红叶游心晚，款缓过东皋。不作飞天，不翻地垅，入水梦云桡。

附柳永《少年游·参差烟树灞陵桥》词：

参差烟树灞陵桥，风物尽前朝。衰杨古柳，几经攀折，憔悴楚宫腰。　　夕阳闲淡秋光老，离思满蘅皋。一曲阳关，断肠声尽，独自凭兰桡。

鹊桥仙·松风阁[①]上（步辛弃疾）

松风阁上，诗来词去，惊却山魂几度。文章自古

[①] 松风阁：处湖北省鄂州市。黄庭坚有《松风阁》诗。

憎命达，削块垒，孤心托处。　　苍天硬造、奇男怪女，不屑红尘语。提竿独自上云头，日日捣、蟾宫风露。

附辛弃疾《鹊桥仙·松风避暑》词：

松冈避暑，茅檐避雨，闲去闲来几度？醉扶孤石看飞泉，又却是、前回醒处。　　东家娶妇，西家归女，灯火门前笑语。酿成千顷稻花香，夜夜费、一天风露。

夜游宫·尧城辩（步周邦彦）

梦里时光似水，倒灌了、千年仁里。不意濠梁遇庄惠①。待三人，辩尧城，凌俗市。　　妙意翻眉底，电四射、引天花坠。吾道高明舌不起。笑双贤，泻新腔，如故纸。

附周邦彦《夜游宫·叶下斜阳照水》词：

叶下斜阳照水，卷轻浪、沉沉千里。桥上酸风射眸子。立多时，看黄昏，灯火市。　　古屋寒窗底，听几片、井桐飞坠。不恋单衾再三起。有谁知，为萧娘，书一纸？

夜游宫·药解灵台里（步陆游）

笔下罡风骤起，扫碧落，挂山铺地。聚散无期射

---

① 庄惠：庄周，惠施。

尧水。惑心源，乱惶惶，无着际。　药解灵台里，内制外，半层心纸。豁落机锋挫万里。若痴行，凤求凰，心早死。

附陆游《夜游宫·雪晓清笳乱起》词：

雪晓清笳乱起，梦游处、不知何地。铁骑无声望似水。想关河，雁门西，青海际。　睡觉寒灯里，漏声断、月斜窗纸。自许封侯在万里。有谁知，鬓虽残，心未死？

踏莎行·步韵填词 (步晏殊)

步韵填词，锦囊翻遍，首当构意非常见。一团妙气入浑沦，瞬间立字千千面。　迂者贫思，梁中锁燕，拾人牙屑啁啾转。不从心地发昂藏，只知后屋连前院。

附晏殊《踏莎行·小径红稀》词：

小径红稀，芳郊绿遍，高台树色阴阴见。春风不解禁杨花，濛濛乱扑行人面。　翠叶藏莺，朱帘隔燕，炉香静逐游丝转。一场愁梦酒醒时，斜阳却照深深院。

苏幕遮·熟了山才 (步范仲淹)

梦中来，耕雅地。不识红尘，偏向千峰翠。正值秋风吹瘦水，熟了山才，绚烂飞天外。　字中情，何处思？脱去皮囊，送与无明睡。独立心王无所倚，眼底神灵，岂作昏天泪？

附范仲淹《苏幕遮·碧云天》词：

碧云天，黄叶地。秋色连波，波上寒烟翠。山映斜阳天接水。芳草无情，更在斜阳外。　黯乡魂，追旅思，夜夜除非，好梦留人睡。明月楼高休独倚。酒入愁肠，化作相思泪。

离亭燕·独酌此中清（步张升）

不看"江山如画"，休问"对秋潇洒"。只为拙情生霹雳，且教星光四射。迥下妙高岩，透彻田畴茅舍。　皂树老藤高挂，诗性巧披低亚。枕断井栏光欸乃，对镜翻裁情话。独酌此中清，不必登高临下。

附张昇《离亭燕·一带江山如画》词：

一带江山如画，风物向秋潇洒。水浸碧天何处断？霁色冷光相射。蓼屿荻花洲，掩映竹篱茅舍。　云际客帆高挂，烟外酒旗低亚。多少六朝兴废事，尽入渔樵闲话。怅望倚层楼，寒日无言西下。

行香子·一骑尘轻（步苏轼）

一骑尘轻，控手弦惊。翻江岸、风敛波平。嫦娥挂月，苇拥沙汀，想当年事，魂难醒，醉天明。　字中悦性，挂断天屏。纷纷坠、陡起冈陵。阻江隔堰，划地逃名。此福中相，低眉看，万山青。

附苏轼《行香子·一叶舟轻》词：

一叶舟轻，双桨鸿惊。水天清、影湛波平。鱼翻藻鉴，鹭点烟汀。过沙溪急，霜溪冷，月溪明。　　重重似画，曲曲如屏。算当年、虚老严陵。君臣一梦，今古空名。但远山长，云山乱，晓山青。

行香子·捕风忙 (步秦观)

绕过村庄，穿过横塘。无人处，最可徜徉。吹花作雨，拨雾开光。摘天边云，颠头看，鉴玄黄。　　扬眉捉笔，汲古升堂。意正入，形走偏旁。朴翻翠黛，气主云冈。有我无耶？游魂处，捕风忙。

附秦观《行香子·树绕村庄》词：

树绕村庄，水满陂塘。倚东风、豪兴徜徉。小园几许，收尽春光。有桃花红，李花白，菜花黄。　　远远苔墙，隐隐茅堂。飏青旗、流水桥旁。偶然乘兴，步过东冈。正莺儿啼，燕儿舞，蝶儿忙。

唐多令·吼重楼 (步吴文英)

吾意不言愁，天凉迎大秋。叹芭蕉、雨打飕飕，无雨也摇萧瑟意。山人怒，吼重楼。　　天老教谁休？长生不识流。出世情，入世真留。笑看千帆飘潦水，外迷内，锁心舟。

附吴文英《唐多令·何处合成愁》词：

何处合成愁？离人心上秋。纵芭蕉、不雨也飕飕。都道晚凉天气好，有明月，怕登楼。　　年事梦中休，花空烟水流。燕辞归、客尚淹留。垂柳不萦裙带住，漫长是、系行舟。

唐多令·湘水（步刘过）

春夏橘花洲，湘水逐北流。酿金风、接仲淹楼①。黛色参天来岳麓，一并作、洞庭秋。　　吟水调歌头，君山起舞不？若怡情、斑竹消愁。水底鱼龙当识我，为我唱：折东游。

附刘过《唐多令·芦叶满汀洲》词：

芦叶满汀洲，寒沙带浅流。二十年、重过南楼。柳下系舟犹未稳，能几日，又中秋。　　黄鹤断矶头，故人今在不？旧江山、浑是新愁。欲买桂花同载酒，终不似，少年游。

小重山·知天有（步韦庄）

迂者逢春便恨春，如蝉鸣两季，乱仇恩。本心败意失中魂。咎自取，泪挂自残痕。　　野鹤不思闻，半枝光影里，了无门。平生意气简中论。知天有，岂恋世间昏？

---

① 仲淹楼：代指岳阳楼。

附韦庄《小重山·一闭昭阳春又春》词：

一闭昭阳春又春。夜寒宫漏永，梦君恩。卧思陈事暗销魂。罗衣湿，红袂有啼痕。　　歌吹隔重阍。绕亭芳草绿，倚长门。万般惆怅向谁论？凝情立，宫殿欲黄昏。

定风波·双子剑[①]（步欧阳炯）

树上杈枒织密纱，朝暾如火漏红霞。拙剑锻钢寻宝法，谁看？光芒一段自芳华。　　近影端凝清历历，追古，静思猛力助心花。托起青天双子剑，出鞘，刺翻宫月落吾家。

附欧阳炯《定风波·暖日闲窗映碧纱》词：

暖日闲窗映碧纱，小池春水浸晴霞。数树海棠红欲尽，争忍，玉闺深掩过年华。　　独凭绣床方寸乱，肠断，泪珠穿破脸边花。邻舍女郎相借问，音信，教人羞道未还家。

风入松·转头笔下（步俞国宝）

赏花省却买花钱，野花漫无边。我心不在花丛里，鞭缩地，移驻江前。万里滔滔如箭，不曾进退秋千。　　杏花雨里看秋天，冬雪又纠偏。人生四望风飘影，心无漏、可锁云烟。恍若仙人织褾，转头笔下

[①] 双子剑：指夏日清晨东方天空射出的两道直线彩虹。

金钿。

附俞国宝《风入松·一春长费买酒钱》词：

一春长费买花钱，日日醉湖边。玉骢惯识西湖路，骄嘶过、沽酒楼前。红杏香中箫鼓，绿杨影里秋千。　　暖风十里丽人天，花压鬓云偏。画船载取春归去，余情付、湖水湖烟。明日重扶残醉，来寻陌上花钿。

风入松·心圆最是全生 (步吴文英)

老藤绕梦到天明，似唤散盘铭①。人工纵识天机妙，求通识，不在多情。难遣长林飞舞，立生屈听灵莺。　　山如丛篆裹茅亭，不掩玉楼晴。管它鬼手通何处，向苍茫、其意坚凝。放纵无须收取，心圆最是全生。

附吴文英《风入松·听风听雨过清明》词：

听风听雨过清明，愁草瘗花铭。楼前绿暗分携路，一丝柳、一寸柔情。料峭春寒中酒，交加晓梦啼莺。　　西园日日扫林亭，依旧赏新晴。黄蜂频扑秋千索，有当时、纤手香凝。惆怅双鸳不到，幽阶一夜苔生。

千秋岁·古城环外 (步秦观)

古城环外，山举云峰退。逃缓与，将穿碎。周天一

---

① 散盘铭：散氏盘铭文。

桶碧,侵断眸思带。寻大野,放心不作笼中对。 欲际风云会,当去边头盖,空四极,真情在。供吾登台舞雩,老境翻心改。其妙也,沉沉一粒珠明海。

附秦观《千秋岁·水边沙外》词:

水边沙外,城郭春寒退。花影乱,莺声碎。飘零疏酒盏,离别宽衣带。人不见,碧云暮合空相对。 忆昔西池会,鹓鹭同飞盖。携手处,今谁在?日边清梦断,镜里朱颜改。春去也,飞红万点愁如海。

千秋岁·大风转 (步王安石)

梦入行营,征催画角,醒至方知错寥廓。星光不曾照见处,忽忽似有诗飘落。转微茫,入精警,境非昨。 真性不关名利缚,方可吐云环翠阁。可笑山人情难却,当初苦熬不肯降,今生梦守前生约。正逢时,大风转、乾坤着。

附王安石《千秋岁·别馆寒砧》词:

别馆寒砧,孤城画角,一派秋声入寥廓。东归燕从海上去,南来雁向沙头落。楚台风,庾楼月,宛如昨。 无奈被些名利缚,无奈被他情担阁。可惜风流总闲却。当初漫留华表语,而今误我秦楼约。梦阑时,酒醒后,思量着。

清平乐·诗来天半 (步李煜)

诗来天半,莫与神仙断。落字初行时见乱,妙意圆中渐满。　　道亏雅性无凭，别才笔下通灵。犹似春藏秋素，始知斑斓前生。

附李煜《清平乐·别来春半》词：

别来春半，触目柔肠断。砌下落梅如雪乱，拂了一身还满。　　雁来音信无凭，路遥归梦难成。离恨恰如春草，更行更远还生。

清平乐·毫端（步晏殊）

心头无字，饱揿苍茫意。一念吞江天接水，万种风情追寄。　　毫端托起西楼，飞檐挑月如钩。剪取蟾宫倩影，轻轻击碎中流。

附晏殊《清平乐·红笺小字》词：

红笺小字，说尽平生意。鸿雁在云鱼在水，惆怅此情难寄。　　斜阳独倚西楼，遥山恰对帘钩。人面不知何处，绿波依旧东流。

清平乐·黠鼠①（步辛弃疾）

天生黠鼠，独跳囊中舞。可教红天翻素雨，流布诗心密语。　　云头纵下江南，嘚嘚慰我苍颜。原是髯翁②尤物，欣欣赠我仙山。

---

① 此词发端于苏轼《黠鼠赋》文。
② 髯翁：即苏轼。

附辛弃疾《清平乐·绕床饥鼠》词：

绕床饥鼠，蝙蝠翻灯舞。屋上松风吹急雨，破纸窗间自语。　　平生塞北江南，归来华发苍颜。布被秋宵梦觉，眼前万里江山。

虞美人·立定江山主 (步宋无名氏)

转头世事千秋变，聚散生戎乱。狗飞鸡跳错关情。月明星朗了无声，下三更。　　达生岂作仓皇顾？立定江山主。任它檐井百重霜。大风扬起写云乡，截微茫。

附宋无名氏《虞美人·帐前草草军情变》词：

帐中草草军情变。月下旌旗乱。褫衣推枕怆离情。远风吹下楚歌声，正三更。　　抚骓欲上重相顾，艳态花无主。手中莲锷凛秋霜，九泉归去是仙乡，恨茫茫。

西江月·收拾原心 (步张孝祥)

因境随时得笔，无须问取何年。打鱼竿钓水中船，世事千奇卜面。　　野性自生真趣，不雕恰合怡然。水银泻地性知天，收拾原心一片。

附张孝祥《西江月·问讯湖边春色》词：

问讯湖边春色，重来又是三年。东风吹我过湖船，杨柳丝丝拂面。　　世路如今已惯，此心到处悠然。寒光亭下水连天,飞起沙鸥一片。

忆余杭·远水怀天 (步潘阆)

　　幽谷无人,远水怀天光寂寂。谁来岭下荡轻舟,镜里剪清秋?　　浪山环坠清光里,入水恋情风扶起。子陵①无处下钓竿,退守客星寒。

　　附潘阆《忆余杭·长忆西湖》词:

　　长忆西湖,尽日凭阑楼上望:三三两两钓鱼舟,岛屿正清秋。　　笛声依约芦花里,白鸟成行忽惊起。别来闲整钓鱼竿,思入水云寒。

最高楼·我所好 (步辛弃疾)

　　千山阻,尧水总知归,幽邈探音稀。转心何必滔滔说,出山更莫话逢时。自消除、心底结,泻长诗。　　我所好、座边飞浩雪,抑或是、掌中飘皎月。经过了,总是痴。老来自觉风霜好,酿成妙境慰清知。看天头,云霭霭,放怀迟。

　　附辛弃疾《最高楼·长安道》词:

　　长安道,投老倦游归,七十古来稀。藕花雨湿前湖夜,桂枝风淡小山时。怎消除?须殢酒,更吟诗。　　也莫向、竹边

---

① 子陵:严光,字子陵。余杭人,葬客星山。

辜负雪,也莫向、柳边辜负月。闲过了,总成痴。种花事业无人问,惜花情绪只天知。笑山中,云出早,鸟归迟。

更漏子·儿煮梦（步贺铸）

小黄髻,迷五柳,送别折之伤手。① 儿煮梦,到今秋,山光老月楼。　　秦桑绿,低枝久,燕草碧连苍首。② 意切切,不知愁,痴心扶醉头。

附贺铸《更漏子·上东门》词：

上东门,门外柳,赠别每烦纤手。一叶落,几番秋,江南独倚楼。　　曲阑干,凝伫久,薄暮更堪搔首。无际恨,见闲愁,侵寻天尽头。

浣溪沙·浅耕亦见老龙鳞（步辛弃疾）

岂为迷津唤渡频？一苇驶去碧流新,浅耕亦见老龙鳞。　　水上风平山落幕,泓中追影剪停云,即心是岸绿杨村。

附辛弃疾《浣溪沙·北陇田高踏水频》词：

北陇田高踏水频,西溪禾早已尝新,隔篱沽酒煮纤鳞。　　忽有微凉何处雨？更无留影霎时云,卖瓜声过竹边村。

---

① "送别"句：关灞桥折柳之典故。
② "秦桑"三句：关李白《春思》诗。

天仙子·霹雳斧中开秘径（步张先）

对眼墨痕持耳听，颠倒始知魂梦醒。灵源声似石中藏，难入境，空思景，事起前生今记省。　　一笔自分明与瞑，两极并头谁见影？分明心底大风扬，真性出，偏才静，霹雳斧中开秘径。

附张先《天仙子·水调数声持酒听》词：

水调数声持酒听，午醉醒来愁未醒。送春春去几时回？临晚镜，伤流景，往事后期空记省。　　沙上并禽池上瞑，云破月来花弄影。重重帘幕密遮灯，风不定，人初静，明日落红应满径。

伤春怨·看穿皮囊处（步王安石）

两岸封江树，柱对洪波无数。问尔截江流，风马牛迷心路。　　看穿皮囊处，不见朝连暮。吐气可吹云，莫绕笔，游山去。

附王安石《伤春怨·雨打江南树》词：

雨打江南树，一夜花开无数。绿叶渐成阴，下有游人归路。　　与君相逢处，不道春将暮。把酒祝东风，且莫恁、匆匆去。

卜算子·诗经之境[①]（步苏轼）

残月掩东门，穿牖方知静。谁唱蒹葭踏水来？无处追霜影。　　汉广可方思，莫道先知省。南有嘉鱼纸上游，兰桨空知冷。

附苏轼《卜算子·缺月挂疏桐》词：

缺月挂疏桐，漏断人初静。谁见幽人独往来，缥缈孤鸿影。　　惊起却回头，有恨无人省。拣尽寒枝不肯栖，寂寞沙洲冷。

卜算子·举我心涛百丈裁（步李之仪）

纸上斩蛟龙，只见龙之尾。其势飘飘不可摧，倒卷一江水。　　此水有余情，去我情难已。举我心涛百丈裁，其刃坚如意。

附李之仪《卜算子·我住长江头》词：

我住长江头，君住长江尾。日日思君不见君，共饮长江水。　　此水几时休？此恨何时已？只愿君心似我心，定不负相思意。

忆少年·飞檐试新梦（步晁补之）

门开天镜，仙风直下、蟾空清客。其形傍座首，

[①] 此词化用《诗经》意境。

恍如春秋隔。　　岂是空头云漏碧？可思量、旧楼踪迹。飞檐试新梦，洞穿千年色。

附晁补之《忆少年·无穷官柳》词：

无穷官柳，无情画舸，无根行客。南山尚相送，只高城人隔。　　罨画园林溪绀碧。算重来、尽成陈迹。刘郎鬓如此，况桃花颜色！

忆少年·邀山鬼水怪 (步曹组)

一心发动，眉尖挑起、兰亭风色。邀山鬼水怪，论天涯孤客。　　自古心安情自得，故追寻、谢公①踪迹。栏杆笑多事，任酸风乱拍。

附曹组《忆少年·年时酒伴》词：

年时酒伴，年时去处，年时春色。清明又近也，却天涯为客。　　念过眼光阴难再得，想前欢、尽成陈迹。登临恨无语，把阑干暗拍。

酒泉子·自家时节 (步温庭筠)

天宇漏香，常教月如红豆。总相思，情主旧，话衷肠。　　不关桥鹊架河梁，全是自家时节。雨该来，风不歇、撼山狂。

----

① 谢公：即谢灵运。

附温庭筠《酒泉子·罗带惹香》词：

罗带惹香，犹系别时红豆。泪痕新，金缕旧，断离肠。　一双娇燕语雕梁，还是去年时节。绿阴浓，芳草歇，柳花狂。

西江月·莫从指缝漏今朝（步柳永）

水为西山开镜，荡舟不见云摇。桨声轻上柳条梢，翻动晴光不觉。　我好推山沉水，豪情换取江醪。莫从指缝漏今朝，一任山沟骗了。

附柳永《西江月·凤额绣帘高卷》词：

凤额绣帘高卷，兽环朱户频摇。两竿红日上花梢。春睡厌厌难觉。　好梦狂随风絮，闲愁浓胜香醪。不成雨暮与云朝，又是韶光过了。

河渎神·江月同舟（步孙光宪）

心雨正葱芊，偏教山崩座前。一层境地百重天，共神呼鬼联翩。　我好游心翻两极，江月同舟相忆。万丈海量胎息，不关浮水鹧鹕。

附孙光宪《河渎神·江上草芊芊》词：

江上草芊芊，春晚湘妃庙前。一方卵色楚南天，数行斜雁联翩。　独倚朱栏情不极，魂断终朝相忆。两桨不知消息，远汀时起鹧鹕。

忆秦娥·开怀坐拥初霞红 (步贺铸)

晓朦胧,踏翻残月人匆匆。人匆匆,裁昏去懒,洗净秋空。　　玉山高挑尧城东,开怀坐拥初霞红。初霞红,铺天一抹,遍地灵风。

附贺铸《忆秦娥·晓朦胧》词:

晓朦胧,前溪百鸟啼匆匆。啼匆匆,凌波人去,拜月楼空。　　去年今日东门东,鲜妆辉映桃花红。桃花红,吹开吹落,一任东风。

好事近·意凝石心碧 (步秦观)

世路总颠连,踏尽不平风色。行到月溪深处,化虬松千百。　　风回万里验真身,意凝石心碧。莫道关山堪妙,或谓知游北[①]。

附秦观《好事近·春路雨添花》词:

春路雨添花,花动一山春色。行到小溪深处,有黄鹂千百。　　飞云当面化龙蛇,夭矫转空碧。醉卧古藤阴下,了不知南北。

谒金门·南国不迁 (步冯延巳)

禅风起,机杼挑开云水。似见光芒飞表里,性花

[①] 知游北:出自《庄子·知北游》。

空托蕊。　　半缕才情自倚，可取青云偏坠。南国不迁功自至，后皇嘉树喜。①

附冯延巳《谒金门·风乍起》词：

风乍起，吹皱一池春水。闲引鸳鸯香径里，手捋红杏蕊。　　斗鸭阑干独倚，碧玉搔头斜坠。终日望君君不至，举头闻鹊喜。

谒金门·迎春 (步韦庄)

无所忆，飞雪布春消息。节气推时天自醒，不教千处觅。　　莫叹东风无力，来去自规行迹。渐到春时天寂寂，我心如海碧。

附韦庄《谒金门·空相忆》词：

空相忆，无计得传消息。天上嫦娥人不识，寄书何处觅？　　新睡觉来无力，不忍把伊书迹。满院落花春寂寂，断肠芳草碧。

霜天晓角·神仙供 (步辛弃疾)

不知年尾，不念人千里。自享神仙供，饮文字，心归此。　　何来聊发矣？老夫狂不醉。真性断开凡壳，微茫处，游心耳。

---

① "南国"二句：从屈原《橘颂》文中化出。《橘颂》原文："后皇嘉树，橘徕服兮。受命不迁，生南国兮。深固难徙，更壹志兮。"

附辛弃疾《霜天晓角·吴头楚尾》词：

吴头楚尾，一棹人千里。休说旧愁新恨，长亭树，今如此！　　宦游吾倦矣，玉人留我醉。明日落花寒食，得且住，为佳耳。

生查子·送时人（步晏几道）

东海卷潮来，一滴开南浦。南浦立粗才，且断凡尘苦。　　杨柳舞婆娑，只解花间语。背柳送时人，还问相逢否？

附晏几道《生查子·坠雨已辞云》词：

坠雨已辞云，流水难归浦。遗恨几时休？心抵秋莲苦。　　忍泪不能歌，试托哀弦语。弦语愿相逢，知有相逢否？

生查子·玄思（步朱淑贞）

凡胎满眼明，理入无明昼。久困鸟樊笼，谁见拈花后？　　庄周梦蝶心，岂止无新旧？万物可干人，莫谓风翻袖。

附朱淑贞《生查子·去年元夜时》词：

去年元夜时，花市灯如昼。月上柳梢头，人约黄昏后。　　今年元夜时，月与灯依旧。不见去年人，泪湿春衫袖。

点山骨·丰山[①] (步冯延巳)

气感秋光,听钟人在丰山住。断桥遗路,云洞飘门户。　　曾有韩公,误入山人处。留醒语,转风呼絮,救护苍生去。

附冯延巳《点绛唇·荫绿围红》词:

荫绿围红,飞琼家在桃源住。画桥当路,临水开朱户。　　柳径春深,行到关情处。䩄不语,意凭风絮,吹向郎边去。

点山骨·好个行禅 (步周邦彦)

水寂花闲,林间风静蝉吟暑。觉游丝举,飘老夫心絮。　　好个行禅,渐入归元处。无延伫,自消尘苦,省却三通鼓。

附周邦彦《点绛唇·台上披襟》词:

台上披襟,快风一瞬收残暑。柳丝轻举,蛛网黏飞絮。　　极目平芜,应是春归处。愁凝伫,楚歌声苦,村落黄昏鼓。

点山骨·己亥推新 (步苏轼)

己亥推新,延年人健常高宴。文起山甸,对隔千

[①] 此词牌原为"点绛唇",因嫌其俗而改为"点山骨"。丰山:出自韩愈《上贾滑州书》。

秋观。　　绕取乔松，风色来天半。心追远，抚琴戡乱，犹似排秋雁。

附苏轼《点绛唇·不用悲秋》词：

不用悲秋，今年身健还高宴。江村海甸，总作空花观。　　尚想横汾，兰菊纷相半。楼船远，白云飞乱，空有年年雁。

八六子·三才①祭（步秦观）

古长亭、对秋山晚，蟾宫月色初生。叹梦奠三才合祭，雅心崩失文魂，与谁共惊？　　摩天楼树亭亭，夜月久逃新梦，错牵醉眼怡情。怎奈向、风骚不知流水，结思情滞，抚琴神短，不见矫矫西山锁雾，茫茫东海横晴。愣心凝，嗷嗷剑鸣数声。

附秦观《八六子·倚危亭》词：

倚危亭，恨如芳草，萋萋刬尽还生。念柳外青骢别后，水边红袂分时，怆然暗惊。　　无端天与娉婷，夜月一帘幽梦，春风十里柔情。怎奈向、欢娱渐随流水，素弦声断，翠绡香减，那堪片片飞花弄晚，蒙蒙残雨笼晴。正销凝，黄鹂又啼数声。

八声甘州·问雪（步柳永）

对飘风骤雪下云头，奇情掩三秋。乃天公泄苦？

---

① 三才：即词之开篇所列之长亭、秋山及月亮。

杜娥迁怨？恨起姮楼？抑或戡龙狂子①，百战气纠休，残甲飞寰宇，功怕亏流？　我自临高挂嶂，了黄天问病，宿雪轻收。唤金乌回壁，著热为王留。玉龙吟、泻千山翠，载我游、天际下飞舟。沧江路，荡开双桨，挑断闲愁。

附柳永《八声甘州·对潇潇暮雨洒江天》词：

对潇潇暮雨洒江天，一番洗清秋。渐霜风凄紧，关河冷落，残照当楼。是处红衰翠减，苒苒物华休。惟有长江水，无语东流。　不忍登高临远，望故乡渺邈，归思难收。叹年来踪迹，何事苦淹留？想佳人、妆楼颙望，误几回、天际识归舟。争知我，倚栏杆处，正恁凝愁！

蝶恋花·绝逢此处寻仙草（步苏轼）

青嶂抵天攒月小。峰瘦云摇，水瘦山魂绕。为避诗才真性少，绝逢此处寻仙草。　作意云山钻鸟道，自比神行，不比莺鸠笑。晓月鸣风推梦悄，开帘迟检新诗恼。

附苏轼《蝶恋花·花褪残红青杏少》词：

花褪残红青杏小。燕子飞时，绿水人家绕。枝上柳绵吹又少，天涯何处无芳草。　墙里秋千墙外道。墙外行人，墙里

---

① 狂子：指张元，其《咏雪》诗句云："战罢玉龙三百万，败鳞残甲满天飞。"《西清诗话》谓其"狂子"。

佳人笑。笑渐不闻声渐悄,多情却被无情恼。

水龙吟·补胎儿泪 (步苏轼)

我从何处游魂,肉团偏向人间坠?不争气息,闷声抗世,绝凡尘思。好个浑头,粪箕遮眼,裹尸难闭。梦中磨了了,鬼颠人意。青丝白,罡风起。　莫道天恩有悔,老偏狂,奇情牵缀。耕山削壁,捕风沉水,影团天碎。披剪云衣,沤之大壑,灌青苍水。念初生落魄,苍颜托露,补胎儿泪。

附苏轼《水龙吟·似花还似非花》词:

似花还似非花,也无人惜从教坠。抛家傍路,思量却是,无情有思。萦损柔肠,困酣娇眼,欲开还闭。梦随风万里,寻郎去处,又还被、莺呼起。　不恨此花飞尽,恨西园、落红难缀。晓来雨过,遗踪何在,一池萍碎。春色三分,二分尘土,一分流水。细看来,不是杨花,点点是离人泪。

满江红·与曹公[①]对话 (步柳永)

星夜洪波、来远古,自兴秋落。光影里,荡魂摇魄,气喧铃索。上下苍茫消百障,浩思直上中洲阁[②]。

---

① 曹公:指曹操。其有《观沧海》诗。
② 阁:原作此处之韵脚为"落",与前同,故改为"阁"。

想当初，此是仲宣楼①，伤漂泊。　　去去景，烟漠漠。留碣石，昆刀削。翻身流东国，似龙将跃。今借沧海观墨象，行藏总合春秋约。曹公笑，谓尔者仁人，还山乐。

附柳永《满江红·暮雨初收》词：

暮雨初收，长川静、征帆夜落。临岛屿、蓼烟疏淡，苇风萧索。几许渔人飞短艇，尽载灯火归村落。遣行客、当此念回程，伤漂泊。　　桐江好，烟漠漠。波似染，山如削。绕严陵滩畔，鹭飞鱼跃。游宦区区成底事？平生况有云泉约。归去来、一曲仲宣吟，从军乐。

沁园春·论东坡居士 (步辛弃疾)

游罢西川，纵意回旋，势逼皖东。正长河剑舞，破珠碎玉，系龙束马，斜月张弓。蜀阁飘云，峨眉拢翠，入水精灵蟠劲松。苍山裂，跳荡排天出，开合寰中。　　江流叠境千重，开一路文才夺众峰。数东坡居士，大江吟壁；寒凝破灶，转失雍容；孤鹤横江，车轮碾梦，佛性开花无果公。修心路，似小舟摇屋，烟水迷蒙。

附辛弃疾《沁园春·叠嶂西驰》词：

---

① 仲宣楼：王粲，字仲宣，有《登楼赋》。

叠嶂西驰，万马回旋，众山欲东。正惊湍直下，跳珠倒溅；小桥横截，缺月初弓。老合投闲，天教多事，检校长身十万松。吾庐小，在龙蛇影外，风雨声中。　争先见面重重，看爽气朝来三数峰。似谢家子弟，衣冠磊落；相如庭户，车骑雍容。我觉其间，雄深雅健，如对文章太史公。新堤路，问偃湖何日，烟水蒙蒙？

蝶恋花·志吾步词百首（步范成大）

一叠新词抛旧面，不觉江移，百鸟穿西岸。翅下风涛随鸟转，归巢无意云山远。　气感千秋情未晚。小庙陈词，吊古风飚遍。岁杪祭春文不贱，似蚕倚柞抽芳茧。

附范成大《蝶恋花·春涨一篙添水面》词：

春涨一篙添水面。芳草鹅儿，绿满微风岸。画舫夷犹湾百转，横塘塔近依然远。　江国多寒农事晚。村北村南，谷雨才耕遍。秀麦连冈桑叶贱。看看尝面收新茧。

贺新郎·志公墨儿携刘婷新婚[①]

2020-01-01

家国千秋路,发华胥[②]、初香一炷,足音分楚。血脉连心江流阔,一统千帆劲舞。论祖业,权钱小趣。老眼长存草根识,数先棉祠里松江女[③]。列郡望,另心许。　　魂牵云梦翻江渚,最关情、雄才两度,造云行雨。山谷诗书开高阁,至性循天立虎。唯歙裔、宾翁匹与。一撮丹青推将去,揽洪荒古意情难阻。梦二老,发心炬。

[①] 作此词迎吾儿新婚。家族传承之根基,乃血统与文化,孩儿谨记。孩儿俩2018年毕业于安庆师范大学法学院,吾曾作联语示之:"铁研山房墨楮新,当启紫微映月;乾生故里涛声拙,可随海岳扬眉。"上联关邓石如,下联关陈独秀,邓、陈均安庆人。乡贤傍学,当有所感召才是。

[②] 华胥:传为伏羲之母。

[③] 先棉祠里松江女:即黄道婆,上海有先棉祠供奉之。

早期赠某先生自度词二首[①]

说新春

雪缀枝头，空茫无迹，忽忽脱兔奔走，挪窝正急。嘻，尧水嗔，何处著灵波灌顶，申春消息？　说甚三烦四戚，孔方洞里，心浮异处，怎生不揪心赘脾？试醒语，假勿真觅。心自简适，功成相忘乎、云山大地。

贺新居

平天湖畔，重楼隙里，看新居扶摇、挤上云巅。浑茫茫、齐山飞翠，浦水含烟，牧童弄管，遥指窗前。　快哉凭栏弟争先。苦我独处，抱月难眠，望月难圆，不知魏晋，何论安迁？弟知我，当自信，江城系马，棹隐平天。

[①] 早期文稿遗失殆尽，此词无意中从某书夹页中发现。

上卷三　文(4 篇)

2008 年 11 月至 2019 年 9 月

吾所藏之拙文颇多，练笔之足迹尔，仅择四篇入此集。《李白之归》《玉壶枣小记》乃戏作，《雄强挺立流风外》乃应景白话，唯《夫人》小品可传之不朽。抱一山人于梅公亭畔。

2020 年 3 月

李白之归[①]

2008-11-03

集字为镣风作舞，翩翩自适飞天府；
迎碧凝霞百幻睹，闻天语，李白郁郁对天姥；
我问白兄何事与？一声长叹摧山谷；
愁云拂面声声诉，恶诗徒有惊人句：
仙为山人修天骨，去相离尘无为所；
云为衣裳风为伍，飘飘不食人间薯；
吾骨不坚根多忤，心起分别如火煮；
跳梁不辨东西处，慕势随强亲硕股；
一朝沦为箸下兔，气短神靡狂言补；
济世瞒天风飘絮，不知高天与厚土；

[①] 此文是因集字为诗而兴会斜出之衍生品，故开篇有"集字"之谓。

与仙出入疗心沮，清梦难耐鸡肋苦；
一点真情多少误，助恶排天张浊浦；
落荒独走斜阳渡，大海消声下秋暮；
于今失却天姥路，三千白发乱心腑。
我谓白兄莫自侮，尔之乖僻自天注；
非仙非道亦非儒，气遭正斜下囹圄；
质本劣来还劣去，莫比红楼葬花女；
早制拙文今付汝，助汝卧游开心堵。

文曰：天地生人有四途，譬之生稻脱皮成米、煮饭作气，皮糠一途，生米一途，熟饭一途，饭之气又一途。四途纳于一而次第分位，各成其物，人皆类此而四出之。皮糠者，奸恶鄙佞乖僻邪谬之徒是也。生米者，质本无邪而心地壅塞者是也。熟饭者，人之生存大食，燧氏以降，其正食之位不可移易也，比之于人，唯儒者最可当之。饭之气者，道家之流是也，其道偏虚，孤行无可用，附儒则可喜。四途之说，大体如斯。

先哲张载曾振臂云："为天地立心，为生民立命，为往圣继绝学，为万世开太平。"大张儒者正位之目，而历史则早已为之开示矣！古之先，尧、舜、禹、文、武、孔、孟应运横出，继之董、迁、韩、张[①]推波，遂启炎黄之大脉，挺昆仑之脊梁，开福佑如江河，利生民于万世，保我泱泱大国历经风雨数千载，独树高帜，矗于世界之林而崭崭不衰也！此等伟业，冠盖百家，顺乎天，应乎人，强哉矫，儒者唯！吾尊此德于坠地之先，孜孜以求有年矣，故受天佑笃笃不虚也。然事理居正必附奇，正尊儒体，奇推道用，根儒游道，则于物于心皆游刃有余，进无休容，退无愠色，天地穿空而不颠，千古往来而不迷，神灵朗朗，照吾一身，为诗为文，为字为琴，观山抚水，梳柳听莺，一一随心运化，当行则不可以不行，当止则不可以不止，展卷释怀，触处成金，此乃令羲皇上人亦为之心动之乐也，而独为吾所颐享。二途合境之妙，于斯可见一斑。恕吾直言，庄、屈亦未能知其至妙也。庄藏儒而没顶，故病儒，用游戏法；屈守儒而不化，故死儒，用没世法。二者皆偏天道，唯孔孟之儒知行入圣，最得天道之本，妙合二途之境。况且淡世游心非道家专利，孔孟之说亦多有暗渡处，而世人不察，或察而不语也。

盖人之性关乎四途，唯真儒之教可因其实质，发其自性，去其邪僻，醒其稚昧，敦其品格，增其能为，

[①] 董、迁、韩、张：董仲舒、司马迁、韩愈、张载。

浑其心智，方得以正其轨，生始以为生乃可以安澜，人始以为人乃可以立命。正所谓从天施教，正极人伦，二途合境亦由此筑基也。今汝之所为正翻此理而害之：四途之欲纳于胸，泛滥无主，相互龃龉，辄生无根之苦，汝岂得安宁耶？此为初苦，继之学仙而趋幻，攘臂眦目，拽发飘空，技尽狂狷百态，殊不知仙乃魔之异面，好作青眼之乱，蛊汝心，斫汝情，丧汝志，造汝之无实之苦，此苦甚大，足以使汝失却人常之态，违忤天伦之规！然汝之苦仅止于此耶？非也！仙为魔道，与人之四途之欲形同冰炭，纠集于一身，则终日作人魔困斗，攻伐惨烈，此害之苦当远在前二苦之上，此乃撕心裂肺之奇苦也！汝微斯人，当何以受之？又何以忍之？于今天姥路断，落魄至此，其理已尽在其中矣。天姥乃人之圣山，而汝以仙魔之意游之，岂非于佛头着粪、辱天姥于光天化日之下耶？天姥怒之，故置汝于外而使之永不复入也。

呜呼！类之别皆本乎天，汝能翻天地于手掌、移东海于眉宇间耶？天生劣于汝，汝身岂奈汝心何？悠悠千古，患汝之病者比比，犹如秋花坠树，追繁霜而下三冬，哀哀绵延不尽也。可叹其才独具，其品或可独标，故不失供来者点缀敷彩、作醒世闲谈之资，利在他人而悲在自己，是可忍孰不可忍耶？李煜、赵佶、倪瓒、徐渭、金人瑞、曹霑、贾宝玉之流是也。汝坠蛇足以弄世，不意间后世竟为之倾侧疯狂，真乃另类之雄也！因是另类，不入正途，故作劝辞曰：白兄认之乎，莫作徒劳想；天姥非汝居，天姥属我享；世人称汝仙，纯系弥天谎；莫作供桌龟，宁栖烂泥养；逃名于实处，或许开心妄。

拙文刚愎，咄咄不避世人之口，或曰何苦来哉？吾曰逞游心之乐是也。末辞曰：言辞长作修心斧，救人拳拳莫我顾；李白低头作鼠步，目开五孔[①]吐火炬；随风飘旋下山坞，寻理安神归心所。

[①] 五孔：代儒、佛、道、仙、魔之五种心态。

雄强挺立流风外
——刍议谢宗安先生书法艺术

2015-04-30

谢宗安（1907—1997），字锤厂（音 ān），别号磊翁，安徽省秋浦县（今属东至县）人。出身书香门第，二十余岁即有书名。1949年到台湾，与同道筹组"中华书道学会"及"八俦书会"，后自创"橄榄斋书会"，下设九个分会，教授、展览书法，号称弟子三千，影响深广。先生曾在国内及韩国、日本、马来西亚、新加坡等国办展、访问，载誉颇丰。

先生身处台湾心系大陆，晚年曾四次返乡探亲。1995年秋，先生特携一批书法精品，在故乡东至一中建立"谢宗安书艺陈列馆"，一时传为佳话。

在"谢宗安书艺陈列馆"建馆二十周年之际，学校隆重推出《谢宗安书艺陈列馆藏品集》，并委托笔者写一篇关于谢先生书法的赏析文章。"小刀牛试"，但乐于其成，以尽笔者之责。

一、书重载道

书法作为中华民族的国粹之一，其所承载的文化内涵极为丰富，涉及天、地、人三端，儒、佛、道三学，尤以儒学文化为盛。从孔门"志道、据德、依仁、游艺"之说可看出，"艺"可游，但必须根植于"道""德""仁"，重人伦、尚教化不可须臾离之。北宋黄庭坚说得更直接："学书要须胸中有道义，又广之以圣哲之学，书乃可贵。若其灵府无程，政使笔墨不减元常、逸少，只是俗人耳。"中国传统文人在各自不同的艺术形式中，均以载道为己任，先生于书法亦不例外。

先生幼承家学，饱读诗书，不辍临池。其父谢国恩先生博学通儒，其师姚永朴先生乃经学大家，其所仰慕的乡贤邓石如，人品书艺均倾于朝野。志学之年，先生品学根基已立，继而打通书法与道德文章之间的隔膜，使二者互为表里，集于一身，从而确立了其书法赖以生存的制高点。先生之书，无不体现出雄强、中正、敦厚、质直的浩然正气，老辣沉雄直追颜鲁公，真可谓"平原气在中，毛颖足吞虏"。

先生之诗文，豪放质直一如其书法，以《赠韩国郭塽哲先生》七绝为例，可窥一斑而见全豹：

江湖游侠说徐良,两道白眉意气长。

非道武功称万世,也凭忠义服群强。

二、"三石"筑基

"三石"即先秦《石鼓文》、东汉《石门颂》、北朝《石门铭》三石刻书法的简称。《石鼓文》,篆书,上承金文,下开小篆先河,结字端庄,雍容浑穆,画如屈铁。《石门颂》,摩崖隶书,字构放纵多姿,奇趣宕逸,线条灵动多变,精气内敛。《石门铭》,摩崖楷书,布局错落疏宕,开张奇逸,富含高古浑穆之气,风神与《石门颂》相近。先生平生所临碑帖无数,而得益最多并最终成就其大者,莫过于"三石",先生之书处处洋溢着"三石"的支撑力量和精神内蕴。

"三石翁"乃先生自许,先生言:"七十岁后始将《石鼓文》之线条,《石门颂》之放纵,与《石门铭》之错落参差混合,组成为行草书,且以自号。"这段自述耐人寻味:

1. 先生的行草实践不仅印证了苏东坡的书法主张,而且与之构成一个完整的行草变相图。苏子言:"书法备于正书,溢而为行草。"两相对照,粗眼之人必定认为先生之行草实践与苏子之论相异或有相悖之处，认为先生之行草不是从单一的楷书（正书）中溢出，而是从篆、隶、楷这个集合体中溢出。但稍加深入便会发现，其实二人是从一个过程的两个不同阶段来表达主张的，苏子从行草产生的角度来立论，而先生从行草创新的角度去实践，从"形成"到"创新"是一个完整的行草变相路线图。任何一个有深厚根基及创造力的书家都必须经历这两个阶段，以实现从继承到发展的飞跃。其实先生楷书的基本功夫早已大成，即《石门铭》早已铸就其行草书的主体结构，而《石鼓文》《石门颂》只不过是助其创新之变的辅助而已。

2. 先生深谙"博""约"转换之理，或先"约"，或先"博"，均通过"博"最终到达"约"的集合地。"博"即广采博取，转益多师，不囿于一家。"约"（集合之"约"）即根据己之心性及审美要求，在一个属于自己的临池系统中，通过对各种经典元素的反复提炼，熔铸成自己的个性书体。先生顺自然之道，七十岁后始作行草，由"博"转"约"，瓜熟蒂落。

3. 先生深备打通各体的能力，用一根审美之线贯串各体，使之在字构、线型、章法、笔法及精神气质等元素之间，建立一个有机的、稳定的同构关系，使各元素相互生发、相互促进、相互融合，共同筑起一座个体书法殿堂。为书难矣,而先生不畏其难,如愿走完了其书法艺术的壮美历程,为后人提供了一个非常成功的范例。

除"三石"外,对先生产生重大影响的经典便是《华山庙碑》了。先生前期隶书,撇捺波挑时出丰肥挺刮之笔,体势方扁而能趋圆转势,隐寓篆书婉畅风规。这些特点与《华山庙碑》颇为接近,先生后期的方隶亦明显保留着《华山庙碑》的某种气质和面目。

笔者谓"三石筑基"并不止于对先生行草取法的概括,而是可以涵盖先生五体的一个基本立论。这个立论很复杂,并非单一的"一体管一体"那么简单,更不是一个结构或笔法的探讨便可解决的问题,它是一个综合工程,故而不必展开细说。但有两个似乎有悖笔者立论的问题,却不得不要做点说明:其一,"三石筑基"概念中未提到《华山庙碑》,但并不否定《华山庙碑》在先生书法中的重大影响,笔者特地作补充便是明证。退一步说,即使不提《华山庙碑》的影响,也不会因此而削弱先生取法的基本盘地位,先生自号"三石翁",其用意应该是与笔者的见解相吻合的。其二,先生在"方隶的形成"自述中,并未提到"三石"的影响,但在笔者看来,先生不提"三石",恰恰证明

"三石"筑基已成，方隶深层的形质已就。先生列举其他诸多碑作，其用意固然不排除有取"雄峻特质"的一面，但更多的还是在撷取催生隶变的一些外在因素上，并不会对先生早已铸就的本体构架及内蕴产生实质性的影响。

三、 方隶独步

方隶，即先生所谓的"分隶合体书"。笔者以为先生之说欠妥，故首先做点辩证分析。先生对其方隶有一个归纳性定义，原文为："八十岁后又将汉碑之《郙阁颂》《校官》《张迁》《衡方》，与魏碑之云峰山诸刻、《嵩高灵庙》《龙门二十品》及南晋二爨等等，组成为分隶合体书。"这段文字前一大段罗列证据，最后是下结论、定名称。言之凿凿，若稍加注意，便不难发现其有两个方面的认知失误：1. 论据中列举的魏碑数量之多已远远超过汉隶，但在结论中却不见丝毫概括。2. "分隶合体"之说本身的内在逻辑不通。"隶"分"古隶"和"今隶"，"古隶"是指隶书成熟之前的一种草创形态，"今隶"是指东汉时期成熟的隶书，亦称"分书"，也就是说，"分书"只是隶书的一种形式。若谓"分隶合体"，其内在逻辑便已错乱，若用这个错乱的名称去概括前面的论据，则更难自圆其说了。

　　明眼人一看便知，先生之方隶其实是在汉代成熟隶书（即"分书"）的架构中，注入魏碑的雄峻特质，并敷以魏碑特有的夸张、顿挫及起收用方的笔法，故称为"分魏合体书"当是最合适的。

　　清代以降，碑学大潮兴起，先生受其影响，长期浸淫在碑体书法的临池研习中。其前期隶书，以《华山庙碑》为宗，参合其他汉碑及邓石如笔意，形成一种合规中矩的圆笔隶书，与经典合处多而个性面目少。八十岁后，通过之前的广泛熔铸，始突破古典藩篱，引魏入隶，改圆就方，遂很快确立自己的方隶面目。至此，先生才真正打通五体，走向书法艺术的自由王国。一艺初成，先生用心之苦、用力之深、用时之长，世上能有几人知之？

　　先生之方隶拙阔浑厚，矫纵横逸，气密神峻。运笔起收用方，强化顿挫扭折，篆意深含，亦不乏姿媚用巧。整体观之，状如盘根老树，上着新花。其方隶榜书，更是重大奇崛，朴茂酣畅，笔墨苍老，力屈万夫！此种面目，因流风而起，悖流风而成，戛戛独造，自出风规，集中体现了先生过人的艺术胆识及创造力。

四、璧中之瑕

人无完人，艺无完艺。先生之五体均有建树，但并非无优劣可比，无不足可论。简言之，其失有三：

1. 笔法上。先生运笔有一个固定套路，如田径三级跳式，构成几个醒目的发力点，在中段发力点上，往往回锋鼓努，状如竹节。方笔更是顿挫扭折无度，任性使气，几近乖张，致使结字遍身长角。这种刻意做作、求新求重的笔法，与三级跳运笔相关联，无疑有损作品的内在品质，先生最大之失莫过于此！先生用笔稍嫌过实，缺少灵动变化及深层次的意蕴追求，导致线条品质较为单一，文化内涵及虚和之气不足。需要说明的是，先生之顿挫扭折基本上与笔者所谓的"灵动变化"的本质无关，非个中人难明此理，故不作深说。

2. 章法上。先生之五体均不同程度流于一"平"，尤其是篆、楷，单字过稳过实，体势、分量基本一致，布字大多如砌砖，导致字外空间过于停匀，缺乏错落、开合的跌宕节奏及立体变化，与字内空间的关系亦少见妙处，整体气局略显滞闷，生机不足。先生过于注重小的空间构成，始终未能跳出这个低谷，进到一个更加广阔的艺术设计层面，即从大章法入手，仰仗才情和意象统领，驱动每一个书法元素，随心赋形，共同营造出一个富于山水气象的境界，一个能见匠心甚至是道心体验的境界。笔者认为，大章法可分为三个依次递进的境界，即：稳中求和—和中求变—变中入自然化境，先生之章法大致在第一第二境界之间。究其原因是多方面的，若单从取法上看，先生受《石鼓文》的影响过深以致产生某种流弊，则是不争的事实。

3. 取法上。先生之各体均主北碑，于南帖一路不甚留意。北碑雄强，南帖多韵，先生之书雄强过头而韵味不足。若能碑中化帖，在山之重中取其轻，铁之硬中取其柔，多注入文人意趣，则雄秀互补，锦上自可添花。另外，先生写甲骨文、金文，均是用后时代的《石鼓文》体格意趣及自己习惯性笔法去改造，也就是说，取法的立足点是在《石鼓文》及自我本位上，而非大篆本身，而《石鼓文》并非真正意义上的大篆，其格调远在甲骨文、金文之下。这种取法固然不失为一种有趣的尝试，但对于提升作品的格调是无补的，方向是南辕北辙的。

结语

　　人寿书寿，翰墨辉光。先生与世纪同行，倾毕生精力熔铸五体，通会之际，创造出一大批老辣雄强、笔力扛鼎、中正博大、气象浑沉的书法精品，其方隶更是书中奇葩，独秀于时，非常人所能望其项背，老一辈书家中能与先生比肩或能超越者，不过数人而已。谓先生为书中之龙，不为过也！先生享九十一岁高龄，书坛耆宿，仅此亦足以使其书以人贵、书以人名世而墨宝弥香矣！赞曰：

　　苦战八旬始见功，盘根内错五关通；
　　雄强挺立流风外，书海又添一俊龙。

夫　人

2017-06-15

夫人在家闲居，与吾同调，不谐俗。好看书，唱越剧，作小诗文。其诗灵性尚好，今录其《夏》之小诗一首：

清风凉夏夜悠悠，却下巾帘脚上头。
慵懒不闻世俗事，窥颜一笑意偏幽。

吾出门，每遭路人如此问答："抽烟不？""不抽。""喝酒不？""不喝。""打麻将不？""不打。""打扑克不？""不打。"对方正色道："那你做么事？"吾无言以对，呵呵一笑，踽踽而归。未入门，先闻夫人之越腔，正唱："梅公亭畔花不语，落个闲身对晚霞……"知我者，唯夫人是也！吾开门，关门，洗手，泡茶，逗小龟玩，到阳台看山，转而看天，如入无人之境。夫人唱之正酣，亦如入无人之境。吾通体快活，想哼几句，但夫人深知吾金口难开已多年矣，亦深知吾乃抱一山人门下之钟子期也。

吾欲改口夫人为太太,因家穷,与太太称谓之富贵气不协,故愧而作罢。

玉壶枣小记

2019-09-09

某日，吾于大荒山闲游，遇黄石道人，得枣三颗，其形甚怪，蒂处环款，似玉壶。吾奇而考之。

野史载，此枣原产自上古之大荒西火鲁国北之秘溪谷，不足十株，缘溪生，枝映水者即见花实。临水而无影者则为雄，无实，而干擎天，杪冠如环，圈日移影于群峰之间；日息，其光不晦，灿然于野，故是地又名长明谷。土人异之，卜，见壶纹裂瓦，光射玉峰之阴，入玉泉寺。人随之入，见玉环移壁，光影婆娑，作壶倾状，闻之泠泠有声，似水滴入深潭，幽眇无极。土人徐徐始有悟，乃跪而长祈，歌曰："天之荒荒，壶之恍恍，执我灵符，保我无恙。"遂祈其枣名为玉壶，供为神物，年必祭之，并封其山以隔世。岁月蹉跎，人渐忘之而不知其所自。

今玉壶枣重出而迁入吾地，怪哉！问之由，黄石道人谓"唯鸟知之矣"。野史乃吾之独存，今录之遣兴。

后　　记

　　此集之字法、编排，均蹈流行样式，非吾之本意，但无遗憾。

　　诗之收录仅占拙藏之六成，宗旨所限，戏作及困顿期低迷之作几近全弃。

　　诗之形式杂而不主故常，合律固然是好，不合律亦非全谬，随性为之，或为古风，或为散体，不近仁庶可近智。诗之标点，不遵古制为之，似更合吾文之机杼。

　　文稿易误识处颇多，而吾之注处少而简。事本不必亲为，更不必细为之，况乎诗意所囿。

　　集字诗乃临池之检索本，故重在集碑帖之字而疏于义理考据，有谬处，亦无伤大旨。

抱一山人于梅公亭畔

2020 年 6 月